이해받는
기분

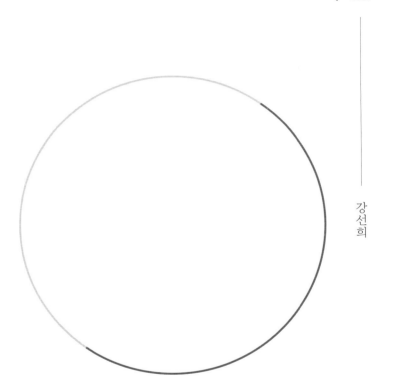

강선희

채륜서

어느 깊숙한 곳에 짙게 깔려 있는 이해 받지 못한다는 마음과
그럼에도 이해받고 싶다는 마음 중 어떤 마음이 더 단단하고 질길까.
나는 어떤 이해를 바라고 있는 걸까.

III   나로 돌아가는 길에

하나의 계절이 지나가는 동안

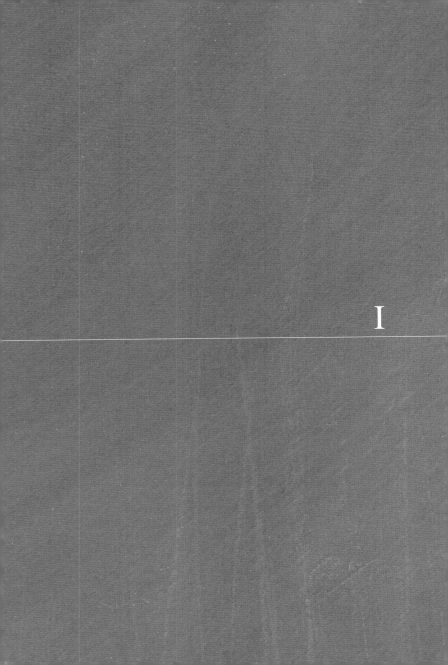

I

집으로 ___
돌아가는 길 _____

언제부터일까. 집으로 돌아가는 길을 기대했던 것이.

집으로 돌아가는 길을 좋아한다. 정확히는 목적지를
두고 한 방향으로 오래 달려가는 것을. 나는 경기도민이 흔
히 가지고 있는 부지런함을 퍽 좋아한다. 대학을 다닐 때부
터는 왕복 세 시간 정도의 등하교 시간을 좋아했다. 누군가
는 그 시간을 길에 버리는 시간이라고 말했지만 나는 그 시

간을 좋아하는 것을 넘어 점점 그 시간을 필요로 하는 사람이 되었다.

버스를 타고 집까지 도착하는 한 시간 반 남짓한 시간은 정리되지 못한 채 널브러져 있는 생각을 정리하기에도, 반대로 아무것도 생각하지 않기에도 몹시 적당한 시간이었다. 적어도 나에게는 그랬다. 이어폰을 끼고 창가 자리에 앉아 그날의 기분에 어울리는 음악을 선곡하고 창밖을 바라보고 있자면 이대로 시간이 멈춰도 될 것만 같음을 매 순간 느끼곤 했다.

흘려보냈던 기억이나 나도 모르게 놓쳐버린 것들이 자연스럽게 돌아오는 시간이기도 했고 매일 보는 똑같은 풍경 속에서 계절에 따라 다름을 발견할 수 있다는 사실이 벅차기도 했다. 이런 것들은 온전히 나를 돌보게 하는 무수한 발견의 시간이 되었다.

한 번은 서울에서 자취하는 친구의 집에서 잠을 자고 다음 날 등교를 했는데 친구의 자취방에서 학교까지 삼십 분도 걸리지 않는다는 사실이 나에게 꽤나 큰 충격이었다. 더 충격이었던 것은 내가 그 사실을 끔찍해 하고 있었다는 것이었다. 널브러뜨린 생각을 급히 주워 담아 현실로 다시 뛰쳐내리는 건 정말이지 피곤한 일 중 하나였다. 순간 나는 영원히 경기도에 사는 부지런한 사람이 될 숙명을 타고난 것일까 잠시 생각했다.

나와 같은 사람을 발견한 적이 있다. 거의 오 년이 지났지만 난 그 사람의 모습을 확연히 기억한다. 그 사람이 그 사람으로 돌아가던 모습을. 그날 나는 이른 아침부터 일이 있어 첫차를 타고 서울로 나가야 했었다. 주말 새벽이었기에 버스에는 기사님과 나 둘뿐이었다. 잠을 푹 자지 못한 탓에 피곤함이 가시지 않아 뒷좌석에서 편히 잠을 청하려 했지만 얼마 지나지 않아 나는 가라앉은 새벽의 푸른 공기와 버스의 안정된 고요함에 압도되어 나의 잠을 새벽에게 기꺼이 바쳤다. 모든 것이 그저 맑았다.

　몇 정거장을 더 지난 후, 완벽했던 고요를 깨는 무리가 버스에 올라탔다. 갓 스무 살이 된 것으로 보이는 네다섯 명의 남자아이들이었는데 거나하게 취한 걸 보니 밤새 술을 마신 뒤 함께 첫차를 타고 집으로 돌아가는 모양이었다. 몇몇은 여전히 술에 취해 보였고 나머지는 술에서 조금 깬 듯 보였다. 그들은 신이 나서 시끌벅적하게 버스에 올라타더니 텅 빈 좌석을 보고는 각자 떨어져 두 칸씩 자리를 차지했다. 누구의 눈치를 볼 필요도 없는 넉넉함으로 가득한 새벽의 버스였다.

　버스가 출발하고 머지않아 그들은 모두 잠들었다. 내가 발견한 그 남자아이만 빼고서.
　그 남자아이는 나의 대각선 좌석에 앉아 홀로 잠들지

않았다. 그 아이의 표정은 버스에 올라탈 때와는 사뭇 달랐다. 술기운에 고조되었던 표정과는 달리 덤덤한 표정으로 창밖을 바라보고 있었다. 졸릴 법도 한데 잠들지 않는 그를 보며 나도 덩달아 정신이 더 맑아졌고 버스 안은 다시금 깊은 고요로 가득 찼다. 그 버스에는 더 이상 아무도 타지 않았고 버스는 그렇게 서울까지 내리 달렸다.

나는 그 친구가 왜 잠들지 않는지, 무슨 생각을 그렇게나 하고 있는지 몹시 궁금했지만 이내 그의 모습이 나의 모습과도 너무 닮아 있어서, 알 수 없지만, 이해할 수 있었다.

그가 그로 돌아가는 시간. 그는 그렇게 그에게로 돌아가고 있었다. 한 사람의 얼굴이 이렇게나 다를 수도 있구나…. 힐끗 보면서 새삼 놀랐다. 몇 년이 지나도 스치듯 봤던 그의 얼굴을 잊을 수 없는 건, 아마도 그에게서 나를 발견했기 때문일 것이다.

혼자가 두렵지 않은 시간을 알아가고 있는 듯하다. 종종 혼자의 시간은 버겁고 어둡고 걷잡을 수 없이 깊어지지만, 그럼에도 매일 주어지는 나에게로 돌아가는 그 시간을 잘 보낼 수 있는 사람이고 싶다. 넉넉함으로 내 마음을 살펴볼 수 있는 사람이고 싶다.

오늘도 나는 부지런히 나갈 채비를 한다.
한참은 멀었을 집으로 돌아가는 길을 기대하면서.

동행 __

　　그리운 여행지를 생각하며 떠올릴 수 있는 나만의 장
소가 있다는 것은 언제나 심장을 뛰게 만든다. 사랑하는 장
소가 있다. 절벽 끝에서 해가 지는 것을 정면으로 마주할
수 있는 곳.

　　처음 그곳을 발견했을 때, 나는 영원히 이 장소를 떠
올리고 찾게 될 것이라는 걸 직감했다. 다행히 아직은 많이
알려지지 않은 곳인 듯했고 나만 알고 싶다는 생각과 함께

사랑하는 사람과 꼭 함께 오고 싶다는 생각도 빠지지 않고 하게 되는 곳이었다.

그 절벽 끝에는 작고 낮은 벤치 두 개가 있다.

나는 위태로워 보이지만 왠지 모르게 든든한 그 벤치에 앉아 해가 떨어지는 모습을 본다. 해가 지기 한 시간 전쯤 그곳으로 향하고 벤치에 앉아서 서서히 지는 해를 한 시간 정도 멍하니 보다가 해가 완전히 떨어지기 전에 아쉬운 마음으로 돌아선다. 돌아가는 길은 어김없이 어둡고 좁기 때문이다.

그날은 구름이 짙게 깔린 날이었다. 그런 구름은 일몰을 더 기대하게 만든다. 구름에 가려졌다가 시시각각 형태를 드러내는 해로 인해 절벽 위의 풍경은 언제나 나에게 처음을 선물하니까. 나는 여느 때처럼 작고 낮은 벤치에 앉아 처음 같은 하늘을 오랫동안 바라보았다.

별안간 기척이 느껴져 옆을 돌아보니 한 아주머니께서 카메라를 들고 나의 옆 벤치에 앉아계셨다. 아주머니는 카메라로 여러 풍경들을 담고 계셨다. 전문적으로 사진을 찍으시는 분인지 그저 좋아하는 마음으로 찍으시는 것인지 가늠이 되진 않았지만 아주머니는 고요하게 사진을 찍고 계셨다. 찰나였지만 그 풍경과 참 잘 어울리는 분이시라는 생각을 했다.

다시 나로 돌아와 눈앞에 그려지는 풍경에 집중했다. 그때의 나는 자꾸만 무언가를 비워 내려 노력했고 바다 위 뒤덮인 짙은 구름 사이로 간신히 저무는 해를 바라보고 있으면 세상에서 가장 솔직한 사람이 될 수 있을 것만 같았다. 이따금 절대적인 것들 앞에서는 내가 한없이 작아져서 끝없이 솔직해도 될 것만 같은 기분이 들기 때문이다. 그 옆에 좋아하는 사람이 있다면 기꺼이 나의 온 마음을 보여 줄 테고 혼자라면 어떠한 다짐을 하겠지. 담담하지만 확고

한 다짐. 지금이 지나면 무엇이 떠나고 무엇이 남을까. 나는 무엇을 마주하려 무엇을 외면하고 있을까. 돌아보면 가장 미련했던 시절이 가장 오래, 그리고 좋은 시절로 남았다는 누군가의 말에 위로를 받으며 했던 숱한 염려와 기대 가운데서 무언가 빠져나가는 기분이 들었다.

그런 기분도 잠시, 해는 나를 배신하듯 빠르게 져버리고 있었다.

옆에 앉아계셨던 아주머니도 나와 같이 돌아갈 채비를 하셨다. 그리고 아주머니와 나는 조금의 간격을 유지하며 함께 걸었다. 종종 혼자 걸을 때, 함께 걸어주는 모르는 이가 몹시 든든하게 느껴지는 순간이 있는데 그 순간이 마침 그랬다.

내가 잠시 멈춰 어둑해지는 바다를 보고 있으면 아주머니는 천천히 나를 지나쳐 걸어가셨고 내가 다시 걸어가면 아주머니는 바다 어딘가를 찍고 계셨다. 우리는 그렇게 조금씩 거리를 두며 같은 방향으로 함께 걸어가고 있었다. 어쩌면 아주머니가 나의 뒷모습을 찍으신 것 같기도 했는데 뭐든 방해하고 싶지 않아 나는 그저 나의 순간에 집중했다.

그렇게 나는 혼자가 아닌 채로 그 길을 돌아 나왔다.

우리는 서로 아무 말도 하지 않았지만 무언가 이야기를 나눈 것만 같았고 나는 무슨 이야기를 꼭 들은 것만 같았다.

이제 그만 보낼 때가 되었다고. 그 누군가 말해줬다.

고작 ___
이런 마음으로도 _____

까닭 없이 큰 이해를 바라는 밤일 때면 생각나는 사람들이 있다. 대체로 그런 마음들은 넘칠 때가 아니면 가만히 품고만 있으려 노력하고.

내가 무엇을 이해받고 싶은지도 모른 채 그저 누가 날 좀 이해해주면 좋겠다는 생각을 한다. 이해만큼 사람을 유연하고 너그럽게 풀어지도록 만드는 것도 없다는 생각을 하면서 나는 나를 이해한다는 눈빛을 그려준 얼굴들을 떠올린다.

　　혼자 여행을 갔을 때 딱 그런 밤이 있었다. 나조차도 이해하지 못하는 내 모든 것을 이해해 줄 것만 같은 그 얼굴들이 기어코 떠오르는 시간. 언제나 그렇듯 떠오름의 기준은 너무나 느닷없고 솔직해서 위험하기에 나는 그 마음을 더 깊숙한 곳에 꾸역꾸역 밀어 넣은 다음 라디오를 켰다. 딱 그럴 때 찾기 좋은, 오랜 날들을 빚져 온 내가 자주 기대는 곳이었다.

　　그날 라디오에서 흘러나오는 어떤 이의 고백과 뒤이어 나오는 노래를 듣고는 울음이 터져 버렸고, 애초에 나는 단 한 번도 까닭 없는 이해 같은 건 바란 적이 없었다는 사실을 알아 버렸다. 이런 깨달음은 언제나 가장 초라한 시간에 찾아온다. 그런 초라함 속에서도 다시금 나는 큰 이해를 바라고. 나는 그날 어떤 이해를 바라며 그 밤을 보냈던 걸까.

얼마 전 친구와 통화를 하다가 근래 우리를 가장 괴롭히는 마음에 대한 이야기를 나누기 시작했고, 나는 모순되는 마음이 점점 커지는 걸 느낀다며 친구에게 쏟아내기 시작했다.

"나는 이해받는 기분이 너무 좋아. 나와 같은 언어를 쓰는 사람과 대화가 한창 무르익어갈 즈음에 내가 상대에게 온전히 이해받는 기분을 느낄 때가 있는데, 그 기분은 정말이지 어떤 것과도 견줄 수 없을 만큼 너무 소중해. 아무에게나 느낄 수 없어서 더 소중해. 그 순간엔 그게 전부인 것처럼 느껴져. 그거 말고는 정말 아무것도 중요하지 않은 것처럼.

근데 진짜 어려운 게 뭔지 알아? 나는 결국에 나로 돌아가면 언제 그랬냐는 듯이 세상 어느 누구도 날 이해할 수 없다고 생각해버려. 내가 느끼는 고통, 환멸, 애증, 분노 같은 것들은 결국 다 나만의 것이라고. 아플수록 더 나만의 것이라고 생각해버려. 그렇게 한참을 생각하다 보면 나는 아무것도 잘못한 게 없는데 너무 혼이 나버린 기분이 들어."

내 말이 끝난 후 수화기에서 잠시 침묵이 흘렀지만, 우리는 둘 중 누구도 그 침묵을 비난하지 않았다.

어느 깊숙한 곳에 짙게 깔려 있는 이해받지 못한다는 마음과, 그럼에도 이해받고 싶다는 마음 중 어떤 마음이 더 단단하고 질길까. 나는 어떤 이해를 바라고 있는 걸까.

까닭 없는 이해라는 건 없다. 애초에 그런 건 없었던 거다. 다 이기적인 마음이라는 것도 잘 안다. 고작 이런 마음으로도 나는 기어이 우리를 바라고 기억한다.
고작 이런 마음으로도.

실패를 ___
취급하지 않는 우리 _____

올 초, 친구 J와 군산에 다녀왔다.

J와는 무려 십육 년 지기지만 우리는 고작 두 번의 여행밖에 함께하지 못했다. 그러나 이런 사실이 전혀 아쉽지 않은 이유는, 우리는 둘도 없는 동네 친구인 데다가 앞으로 함께할 시간이 함께해 온 시간보다 훨씬 더 많을 거라는 확고한 믿음 때문이었다. 우리의 지난 시간을 떠올릴 때면 이제는 시절이라는 말이 더 어울릴 만도 해서 어느덧 걱정과

염려라는 것이 어울리지 않는 사이가 되어버렸다. 군산 여행은 이미 군산에 한 번 다녀온 경험이 있는 J가 전적으로 도맡아 계획했다. 갑작스럽게 떠나게 된 여행이었지만 우리가 쌓아온 만남들 또한 대체로 충동적이고 갑작스러웠기에 이 또한 전혀 걱정되지 않았다. 우리에게는 언제나 실패라는 게 없었고, 실패를 취급하지 않았다.

여행 당일, 우리가 좋아하는 고속버스에 올라타고 나는 근래의 고민거리들을 가볍게 이야기했고 J는 가볍게 들어주었다. 나는 우리의 이런 가벼움이 좋았다. 마음을 크게 쓰지 않고도 가볍게 나의 무거움을 뱉어낼 수 있는 사이. J는 언제나 내가 하는 고민들을 나보다 앞장서서 고민했던 친구이기에 좀 더 수월하게 말할 수 있었다. 그럴 땐 정말이지 내가 느린 사람이라는 것이 다행스럽게 여겨지기도 했다.

실패를 취급하지 않는 우리에게, 역시나 세워둔 계획들은 종종 실패로 돌아갔지만 우리는 개의치 않았다. 기다리던 버스를 놓치고, 고대했던 맛집이 문을 닫고, 카페에서 나온 음료가 터무니없이 맛없어도 우리가 마주한 모든 풍경들이 그런 실패들을 눈 녹듯 녹여주었다.

우리는 이렇게나 단순해서 그런 실패들은 금세 잊어버린 채 그저 '아름답다'는 말과 '너무 좋다'라는 말만을 연신 남발하는 그런 애들이었다. 바다 앞 흔들의자에 앉아 지는 해를 바라보고, 돌아오는 이층 버스에서 더 붉어진 해를 바라보고, 조금 더 달리다 보면 어느덧 무서울 정도로 가까이 떠 있는 달을 보면서 황홀감을 느끼는 동시에, 이런 아름다운 것들을 눈앞에 두고도 잘 살아내고 있지 못하다는 죄책감이 문득문득 들었다. 그러다 반대쪽 창문을 바라보고 있는 J의 뒷모습을 보고는 다시금 잘 살아낼 수도 있을 것 같다는 생각이 금세 차올라 마음이 놓였다.

우리의 숙소는 완벽했다. 휴일에 급하게 구한 숙소치고 가격 대비 조용하고 깨끗했을 뿐만 아니라 우리가 가장 기대했던 저녁에 가기로 한 이자카야와도 삼 분 거리였기에 완벽하다는 말 말고는 대신할 말도 없었다. 우리는 여느 때처럼 거나하게 취했고 J는 자신이 마신 그 어떤 술보다 지금 마시는 술이 가장 달다는 말을 신나게 했던 것도 기억난다. 나는 J의 말이 단순히 기분과 분위기에 취해서 하는 말이 아닌 진심이라는 것을 충분히 느꼈고, 그래서 조금은 뿌듯했다.

우리는 항상 술에 취하면, 삶의 비극에 대해 비꼬며 이야기하다가 '그래도 우리는 잘 될 거야!'로 끝났다. 왜인지는 모르겠지만 십육 년을 항상 그랬다. 누가 어떻게 무슨 이유로 잘 될 거라는 것도 없이. 그냥 잘 될 거야, 라고 외쳤다. 마치 주문과도 같은 이 말은 언제나 우리 여정의 마지막을 해피엔딩으로 만들어 주었다.

우리의 갑작스러웠던 군산 여행은 완벽했다.

　　나는 일이 있어 먼저 집으로 돌아갔고, J는 나를 보내고 템플스테이로 하루를 더 머물기로 했다. J는 여행지에서 혼자 있는 게 처음이라 무섭다고 했지만 나는 J를 크게 걱정하지 않았다. 내가 떠나고 J는 금세 자신의 시간을 온전히 되찾고 충실히 그 시간을 즐길 수 있는 용기 있는 사람이란 건 생각하지 않아도 느낄 수 있을 정도로 나는 J를 잘 알고 있었다.

　　집으로 돌아가는 길은 고요했고, 조금은 피곤했지만 잠은 오지 않아 뜬눈으로 처음 보는 밤의 풍경을 구경했다. 동네에 도착해서는 마을버스를 다시 타야 했는데 그날따라 유독 버스를 기다리기가 싫었고 마침 바로 옆 택시 정류장에 도착한 택시에 몸을 실었다. 충동적으로 탄 택시는 집에 다다를 때까지 이상하리만치 적막해서 기분 좋게 여행을 곱씹어 볼 수 있었다. 그러다 갑자기 침묵을 깨고 기사님께서 말을 걸어오셨다.

"비가 오려나 봐요. 빗방울이 조금씩 떨어져요."

"그러게요. 내일은 종일 온다고 하더라고요. 아, 다음 신호등에서 세워주시면 돼요!"

"오늘 학생이 마지막 손님인데 기분 좋게 하루 잘 마칩니다. 고맙습니다. 조심히 들어가세요."

"아이고… 제가 감사하죠. 오늘 고생 많으셨어요…!"

택시에서 내려 문을 닫고, 왔던 길로 다시 돌아 큰길로 빠져나가는 택시의 뒷모습을 잠시 동안 바라보았다. 예상치 못했던 완벽한 충일감 때문이었을까.

나는 그 자리에 잠시 그대로 서 있다가 '아, 이제야 여행이 끝났구나…' 했다.

어린 꿈 __

작년 이맘때쯤. 십 년 넘게 살던 집을 떠났다.

오래 살았던 만큼 그 안에는 무수한 시간과 기억이 담겨 있어서 나는 그 집을 좋아하기도 싫어하기도 했다. 어떤 날엔 그 집이 기억하는 내가 너무 많아서 괜스레 야속한 마음에 하루빨리 그 집을 벗어나고 싶었고 또 어떤 날에는 내가 많다는 이유로 그래도 여기만큼 날 온전하게 만드는 곳은 없을 거라 생각하며 깊은 잠에 들기도 했다.

짐 정리를 하면서는 어린 나를 끊임없이 마주했다. 한 집에 오래 살았던 터라 짐 정리를 할 일도 없었고 추억을 들춰볼 일은 더더욱이나 없었다. 어린 나를 마주하는 날이면 짐 정리를 포기해야 했는데 기억들이 나를 자꾸만 흩어 놓았기 때문이었다. 앨범으로 시작해서 잊어버린 마음들이 적힌 편지들과 잃어버린 기억들이 담긴 일기장. 기록들은 끊임없이 튀어나왔고 나는 계속해서 웃다가 울기를 반복했다. 불안했고, 동시에 찬란했던 어린 나를 복기하듯.

가까스로 모든 짐을 정리한 마지막 날 밤에는 한참을 침대에 누워 있었다.

그리고 아주 오랫동안 방 곳곳을 눈으로 훑었다. 생각해 보니 십 년이 넘는 시간 동안 한 번도 내 방을 그렇게 오래 바라본 적이 없었던 것 같다. 내 방은 작고 따뜻했고 여전했다. 나로 가득했던 벽에는 뜯겨진 테이프 자국의 잔해들이 듬성듬성 남겨져 있었다. 가여웠다.

그날 밤, 문득 생각나는 순간이 있었다. 이십 대 중반이 되어가고 있을 무렵, 외면하던 어린 나를 마주하고 힘든 날들을 보낸 적이 있다. 지금 생각해 보면 더 성숙한 사람이 되기 위한 일종의 통과의례 같은 것이었다고 생각하지만 당시엔 몹시 불안했고, 어디에도 의지하지 못했던 나는 책 속에서 나를 찾으며 불안을 해소하려 애썼다. 주로 소설을 읽었는데 그중, 어린 나를 마주하게 하는 책을 읽었고 어쩌다 보니 나는 그 작가님의 북토크까지 가게 되었다. 난생처음 경험하는 북토크는 생각보다 몹시 다정했고, 나는 그 다정함을 용기 삼아 작가님께 질문했다.

　　"작가님의 책을 읽으면 자꾸 어린 제 자신을 마주해요. 왜 그런 걸까요? 작가님도 어린 시절의 작가님을 자주 떠올리셨나요?"

　　"어린 저를 많이 생각했어요. 그리고 저 또한 지금도 어린 제 자신과 싸우고 있고요. 그 친구가 절 많이 힘들게

해서 울기도 많이 울었는데 그래도 그 아이와 친해지려 꾸준히 노력 중이에요."

알 것 같았다. 그게 무엇이든.

그의 대답은 당시 나에게는 큰 용기가 되었고, 조금씩 내 안의 어린 나와 가까워질 수 있었다. 이 대화를 떠올리니 문득 어린 나를 아는 사람들이 보고 싶었다.

어린 나를 알고 있는 사람들. 부끄럽고 고마운 마음이 밀려와 마음이 잠시 먹먹해졌다.

오랫동안 어린 나를 잊지 않고 기억해주면 좋겠다고 생각했다.

이런 상념들에 잠기다 보니, 마치 천장에 어린 꿈들이 떠다니는 듯했다. 나의 어린 꿈과 작은 꿈. 이 작은방이 나보다 더 많은 것들을 보고 들었을 걸 생각하니 쉽게 잠에 들 수 없었다. 나는 떠다니는 작은 꿈들을 생각하며 방문과

베란다 문을 더 꼭꼭 걸어 잠갔다.

아무것도 새어나가지 못하도록.

그리고 그날은 꿈도 꾸지 않고 아주 깊은 잠을 잤다.

쉽게 __
보내는 사람 _____

하나의 계절이 지나가는 동안 어떤 이는 함께 했던 시간들을 떠올리게 해줬고, 어떤 이는 문득 시 한 편을 보내주기도 했으며, 어떤 이는 끝끝내 아무런 말도 하지 않았다.

함께 미래를 그리며 현재를 나누던 사람들, 현재를 살아내며 과거를 함께 돌아보던 사람들, 과거에는 있지만 현재에는 없는 사람들. 나는 종종, 아니 이제는 자주 그들을 떠올리곤 한다. 보고 싶어도 쉽사리 볼 수 없는 온전치 못한 세상이 되었고 자꾸만 뒤를 돌아보게 하는 세상이 되었다. 요즘 나는 사진첩에서 자유롭게 숨 쉬고 있는 지난날들을 자주 들춰보곤 하는데 아무리 보아도 속절없는 꿈같기만 해서 내가 점점 미련이 많아지는 사람인가 싶었다가도 주위를 둘러보면 나만의 미련은 아닌 것 같아 이내 가난해진 마음을 추스르곤 한다.

지난겨울도 아직 보내지 못했다. 봄옷은 꺼내지 않았고 두터운 겨울 외투들도 세탁소에 맡기지 않았을뿐더러 나는 여전히 겨울을 생각한다. 유난히 눈이 많이 내렸던 지난겨울을.

지난겨울에는 유독 눈이 많이 내렸다. 여러모로 이례적인 한 해였고 이례적으로 눈도 많이 내렸다. 어디로도 도망가지 못하는 사람들은 하늘에서 내리는 눈을 무척이나 반가워하는 것 같았다. 고개를 한껏 젖히고 내리는 눈을 보는 사람들이 하나같이 모두 착하게 웃는 것을 보았다. 신기하게도 모두가 정말 착해 보였는데 그 순간이 생경한 느낌으로 크게 다가왔다. 그걸 바라보는 내 얼굴은 어땠을까. 내 얼굴도 착했을까.

　　나는 그저 좀 걷고 소복이 쌓인 눈을 바라보았다. 그렇게 바라보고 있자니 함께 눈을 보고 싶었던 사람들의 얼굴이 떠올랐다. 그래서 한동안 그 얼굴들을 그려보다가 잠시 눈을 감았다. 떠오르는 얼굴이 있다는 사실에 안도하며 쌓여가는 눈을 또 바라보았고 이런저런 생각들을 계절에 기대는 일로 추스를 수 있음에 다시금 계절에 한껏 더 기대어 보기도 했다.

　　생각해 보면 나는 보내는 것이 두려웠다. 보내는 것이 두려워 뭐든 쉽게 마음에 담지 않았다. 그래서 아무것도 없었고, 가끔 있을 때면 거기에 온 마음을 쏟았다. 온 마음을 쏟는 일은 지독히도 고단했다. 어쩌면 내가 계절을 쉽게 보내지 못하는 것도 이런 이유에서였을까.

　계절은 내게 가장 취약한 부분이며 매번 허락할 새도 없이 깊숙이 들어앉아 자리를 차지해버리곤 하니까. 겨울 안에서 내리는 눈을 맞는 사람들을 그저 바라보기만 하고, 그러다 눈을 감아버린 것도 어쩌면 그런 까닭인지도 모르겠다.

　새로운 계절이 오면 나는 또다시 미련한 사람이 되어버리고 말 텐데 그때는 마음을 크게 쓰지 않고도, 쉽게 보내는 사람이고 싶다.

가볍지 ___
않은 고백 _____

가벼운 마음으로는 뭐든 쉽지 않았다.

누군가에게 지나간 이야기를 해야 할 때면 굳이 이 이야기까지 할 필요가 있을까, 저 사람이 이런 이야기까지 궁금해하진 않을 것 같은데. 여기까지만 이야기해야지. 하며 선을 그어버리곤 했다. 서로를 위하는 척했지만 돌아보면 모두 나를 방어하기 위한 일이었던 것 같다.

나는 내가 한 번 마음을 열면 얼마나 많은 진심을 쏟

아내 버리는 사람인지 알았기 때문에 나의 진심이 다치는 게 싫었고, 혹여나 이해받지 못할 거라는 생각에 애초에 시작도 하지 않았던 것이다. 막연히 시간이 흐르면 해결될 나의 문제라고 생각했는데 예상치 못한 순간에 나는 생각을 달리하게 되었다.

알게 된 지 얼마 안 된 동생과 함께 차를 타고 이동할 일이 있었다. 우리는 서먹하지만 서먹하지 않았다. 그때는 해가 어스름하게 지고 있었고 자주 창밖을 보았다. 나는 버릇처럼 스스로를 방어하는 만큼 상대에게도 쉽게 질문하지 않는 편이라 우리는 그저 가벼운 이야기들을 주고받았고 여전히 그때의 대화가 잘 기억나진 않는 걸 보면 정말 별거 아닌 대화를 이어가고 있었던 것 같다. 그러던 중, 그 동생은 갑자기 자신의 가정사에 대한 이야기를 하기 시작했다. 전혀 예상치 못한 상황에서 훅 들어와 버린 이야기에 나는 속으로 많이 놀랐는데 그는 시시콜콜한 이야기를 할 때와 같은 톤과 표정으로 자신의 이야기를 정말 아무렇지 않게 하고 있었다. 나는 잠시 놀랐다가 이내 마음이 시렸다.

그 순간의 모든 것을 기억한다. 그가 말하고 있던 덤덤한 표정과 건조한 눈빛, 그날의 공기, 중간중간의 정적, 자꾸만 빨리 지려는 해, 덜컹거리는 차. 모두가 선명히 남아 있다.

나보다 한참 어린 그는, 대체 어떤 시간을 견뎌왔길래 이토록 아무렇지 않게 자신의 이야기를 고백할 수 있는 걸까. 나는 자칫 그의 이야기를 가볍게 여길뻔했다. 그런 모습이 잠깐 놀라웠다가도 그의 이야기를 고백하는 그의 모습이 자연스러워지기까지의 시간이 도통 가늠되질 않아 잠시 아무 말도 하지 못했다는 걸 기억한다. 그 고요했던 잠깐을 기억한다, 애석하게도 그런 용기가 나에게는 아직 없는 것 같다고 생각하면서.

달리는 차가 흔들릴 때마다 우리도 같은 방향으로 흔들렸고 너를 생각하는 마음이 이전과 달라졌음을 분명하게 느꼈다. 그리고 여전히 나는 솔직하지 못한 사람이라고, 나는 오랫동안 너처럼 될 수 없을 것 같아 그게 겁이 난다고는 차마 말하지 못했다.

여전히 멈칫하게 되는 순간들이 있다.

나는 그때의 나와 달라졌지만, 그럼에도 멈칫하게 되는 순간이면 자연스레 그가 자신의 이야기를 하던 차 안의 공기가 스치듯 내게로 온다. 그 기분을 느낄 때면 나는 괜스레 가볍지 않은 고백을 가볍게 하고 싶어진다. 나는 이런 삶을 살아왔고, 이런 사랑을 했다고.

그리고 언젠가 너에게도 물을 것이다.

너는 어떤 삶을 살았길래, 너는 어떤 사랑을 했길래 네가 되었냐고.

나타나 줘 __

다행히 오늘은 꿈을 꾸지 않았다.

나는 한 달에 한 번 꿈을 꿀까 말까 할 정도로 꿈을 잘 꾸지 않는 편인데 한동안 계속 꿈을 꾸다 보니 잠자리가 편치 못했다. 꿈의 내용도 이상했다. 이를테면 미친 듯이 도망을 친다든지, 정체 모를 이에게 스토킹을 당한다든지 하는 괴상하고 기분 나쁜 꿈들뿐이라 아침을 맞이하는 마음이 그리 좋지만은 않았다.

꿈을 평소보다 자주 꾸다 보니 꿈이 나의 하루에 생각보다 많은 영향을 준다는 것도 알았다. 이런 기분 나쁜 꿈을 꿀 때면 일상이 위축되고 내 몸이 작아지는 기분이었다. 잠에서 깨고 나면 어느 날은 아이가 된 것 같기도 했고 어느 날은 늙어버린 것 같기도 했다. 매일 꿈을 꾸는 사람들도 있다던데 그들은 도대체 어떤 상태로 매일을 맞이하는 거지…?

너무 고단하겠다 싶었다.

그날은 모든 게 바닥이었다. 하루치의 기운을 전날부터 다 끌어다 쓴 탓에 그날은 정말 고됐고, 몸과 마음은 멀쩡할 리 만무했다. 집에 오자마자 씻고 일찍 잠에 들려 했지만 체력보다는 마음을 더 많이 쓴 까닭인지 공허함이 크게 몰려와 쉽게 잠이 오지 않았고 온갖 생각을 하다가 결국 동이 트고서야 가까스로 잠에 들었다.

그리고 보고 싶었던 사람을 만났다. 오랫동안 그토록 바라도 나오지 않던 사람은 꼭 이런 날 나의 꿈에 나타났다. 더 이상 쓸 마음이 남아 있지 않은 꼭 그런 날. 나는 꿈에서도 아무 말 하지 못했다. 그 사람이 사라질 때조차도 말 한마디 꺼내지 못한 채로 꿈이 끝났다. 잠에서 깼을 때 나는 울고 있었고, 슬픔이 나의 몸 곳곳에 달라붙어 있는 듯했다. 그 상태로 나는 조금 더 울었고, 보고 싶은 사람은 더 이상 보고 싶은 사람이 아니게 되었다는 걸 깨달았다.

어떤 날에는 내용이 기억나지 않는 꿈을 꿨는데 아침에 눈을 떠보니 몇 년이 훌쩍 흘러버린 것 같은 기분, 모든 게 해결된 듯한 기분이었다. 기묘했다. 이런 홀가분한 기분은 너무 오랜만이었기 때문이었다. 그 기분을 이어 다행히도 나는 평소보다 덜 뒤척이며 침대에서 벗어났고 퍽 너른 마음으로 일상을 보냈으며 말끔하게 하루를 마무리했다. 세상에. 꿈이 나의 하루에 이렇게나 많은 영향을 끼친다니… 내 의지와 상관없는 일들로 내가 좌지우지되는 것이 썩 맘에 들지는 않지만 생각해 보면 나쁘지도 않았다. 이런 기분은 쉽게 찾아오지 않을뿐더러 가끔은 내 의지와 상관없는 일들이 일어날 때면 내가 살아 있음을 느끼곤 했기 때문이다.

종종 꿈을 꾸면 좋겠다. 그게 좋은 꿈이면 더 좋겠지만 가끔은 꿈 때문에 내 하루가 조금은 달라지기도 하면 좋겠다고 생각했다.

꿈을 빌미로 그리운 사람이나 돌아갈 수 없는 곳이 나타나 줘도 좋겠고, 잠시 잃어버린 기억이 나타나 줘도 좋겠고, 여섯 개의 숫자들이 나타나 줘도 좋겠고….

또… 멀리 있는 사람이 나타나 줘도 참 좋을 것 같다.

용서가 ___
가능한 곳 _____

　많은 것이 용서되는 곳. 나에게는 그런 곳이 있다.

　대체로 어릴 적의 기억이 고스란히 담겨 있는 곳들은 그런 것 같다. 어린아이를 떠올리듯 나는 그곳을 떠올린다. 어린아이를 볼 때면 그 아이가 티 없이 맑아 보이는 만큼 상처받지 않았으면 좋겠는 마음, 그저 지켜주고 싶은 마음, 물가에 내놓은 것처럼 언제나 조마조마한 마음, 기꺼이 내어줄 수 있는 마음, 해맑은 웃음소리만으로도 모든 것이 용

서되는 마음이 공존하듯 그곳은 지켜주고 싶은 어린 나의
기억들이 남아 있는 용서가 가능한 곳이다.

　우리 가족은 그곳에 자주 갔다. 우리는 언제나 사람이
적고, 넓고, 모서리진 곳이 없는 곳으로 오래오래 달렸다.
그곳은 서쪽에 있는 드넓은 바다였다. 우리가 그곳으로 자
주 갔던 이유는 아픈 동생이 사람들의 시선에 구애받지 않
고 자유롭게 움직여도 다치지 않을 수 있는 완벽한 곳이었
기 때문이었다. 어릴 때는 동생이 잠들지 못할 때면 동생을
재우기 위해 온 가족이 드라이브를 나서기 일쑤였고, 밤이
든 낮이든 특정 장소를 가기보다 막연하게 드라이브를 하
다 보니 우리는 주로 넓은 곳을 찾아다녔다. 어쩌면 우리가
갈 수 있는 곳은 오직 그곳뿐이었던 것 같기도 하다. 차로
한 시간이면 갈 수 있기도 했고, 동생에게 넓은 곳을 보여
주며 동시에 우리도 한숨 돌릴 수 있는 곳이기도 했다.

기억에 남는 건, 지쳐 있는 가족들의 얼굴이 그곳에 가면 조금씩 밝아진다는 것이었다.

그때 나는 어렸지만, 그 사실만큼은 분명히 알고 있었고 그래서 그곳을 더 좋아했던 것 같다.

아주 어릴 때는 바다에 가서 바지락 칼국수와 조개구이를 먹고 갯벌에 들어가 작은 꽃게를 잡다 보면 하루가 다 흘러 있었고 집으로 돌아오는 길엔 차에서 곯아떨어지곤 했다. 그런 시간들은 우리 가족에게 꽤나 큰 행복이었다. 지극히 평범한 그런 하루 말이다.

동생을 데리고 마땅히 갈 수 있는 곳이 그곳뿐이라 어디보다도 자주 갔던 그곳에 언젠가부터 가는 횟수가 줄었고, 그 사이 우리 가족은 많은 일들을 겪으며 우리의 삶을 살아냈다.

그리고 작년, 우리는 아주 오랜만에 나의 생일을 기념으로 그곳에 갔다. 그저 모든 게 다 반가웠고 어린 날의 기억들이 하나둘 차오르기 시작했다.

바다로 가는 길에 새로 생긴 휴게소에 들렀는데 그곳에 큰 우체통이 하나 있었다. 그 우체통은 내가 쓴 편지를 일 년 뒤 나에게 다시 보내주는 우체통이라고 했다. 고민하는 나를 보고 엄마는 편지를 한번 써보라고 권유했고 그날 내가 그 편지를 어떤 마음으로 썼는지는 잘 기억나지 않는다.

간만에 찾은 바다는 여전했다. 아직 바닷바람은 쎈 편이었지만 모래사장에 앉아 있을 수 있는 정도였고 내리쬐는 볕이 몹시 따듯했던 기억이 난다. 우리는 그날 어디로 가지도 않고 그 모래사장에 아주 오래 앉아 있었다. 뭘 먹지도 않았고, 딱히 아무것도 하지 않았는데도 시간은 제법 빨리 흘렀다. 나는 여기서 뛰어놀던 어린 내 모습이 생각났지만 예전처럼 갯벌에 들어가 꽃게를 잡고 싶지도 않았고 조개구이를 먹고 싶지도 않았다. 아무것도 하지 않아도 무언가 채워지는 기분이었다.

얼마 지나지 않아 일몰시간이 다가왔고, 우리는 처음으로 다 같이 일몰을 봤다.

그날은 유독 일몰이 짙었고 빨갛게 물든 하늘과 바다를 카메라에 담았다. 그리고 그것을 바라보는 엄마 아빠를 담았다. 문득문득 내가 처음 보는 표정들을 보았고 나는 그곳에서 엄마 아빠의 뒷모습을 보았다. 그 순간 나는 많은 것들이 용서되는 것을 느꼈다.

엄마 아빠도 바다를 보며 누군가를, 그리고 자신을 용서했을까.

일 년 뒤, 까맣게 잊고 있었던 편지가 집에 도착했다. 편지를 눈으로 보면서도 이게 무엇인지 내가 쓴 게 맞는지 한참을 확인했다. 편지를 쓸 때만 해도 일 년 뒤에 보내준다는 것을 대단치 않게 여기며 가벼운 마음으로 썼던 것 같은데 막상 일 년 전 나의 편지를 느닷없이 받아보니 마냥 가벼운 마음으로만 읽을 수는 없었다.

편지에는 딱 일 년만큼 어린 내가 있었고, 용서하고 싶은 나의 마음들이 적혀 있었다.

더 나아지길 바라는 마음.

편지를 다 읽은 후,

다행히도 일 년 후의 나는 많은 것을 용서했고, 또 용서받았다는 것을 깨달았다.

사라지지 않는 장면들

II

강물처럼 ___
우는 너에게 _____

요즘은 울음의 문턱이 낮아졌음을 여실히 느껴. 나이가 들수록 눈물이 많아진다고 하던데 단순히 그런 이유 때문일까? 겨우 한 살을 더 먹었다는 이유로?

사람들은 내가 잘 울지 않아서 씩씩하다고 했는데 사실 내가 잘 울지 않는 건 아니야.

사람들과 있을 때 잘 참는 것뿐이지. 잘 참는 건 내가 가장 자신 있는 것 중 하나거든.

나는 이따금 울고 싶은 사람들을 발견할 때가 있어.

매 순간 꿋꿋이 잘 살아내는 표정을 하고 있지만 어느 순간에, 그러니까 자신이 가장 나약해지는 순간을 느닷없이 맞닥뜨리면 속절없이 무너지는 모습. 그런 사람들을 볼 때면 가끔은, 마치 그런 순간만을 기다리고 있었던 건 아닐까… 하는 생각이 들기도 해. 그만큼 무너짐의 이유는 생각보다 너무 단순하고 모든 걸 무의미하게 만들어 버리곤 하니까.

나 그런 사람들을 본 적이 있어.

TV 속에서도 몇 번 봤던 거 같고, 아주 어린 시절 운전석 뒷자리에서 룸미러에 흐릿하게 비친 아빠의 얼굴을 몰래 봤을 때도 그랬던 거 같고. 특히 대중교통에서 그런 얼굴들을 종종 마주하곤 해. 흘러가는 창밖의 풍경을 오랫동안 바라보며 울음을 참는 사람의 유약한 얼굴. 너도 그런 얼굴을 본 적 있어? 나 사실 오늘 그 얼굴을 봤는데 내내 마음이 좋지 않았어.

　　여느 때처럼 나는 지하철 가장자리에 앉아 있었고, 그 사람은 내가 앉은 자리의 대각선 출입문에 기대어 서 있었는데 그 사람은 하염없이 창밖만 바라보더라. 마치 온 세상이 멈춘 듯이 계속 계속. 지하철은 한강 위 대교를 건너기 시작했고 나는 처음 발견한 그 사람의 표정이 계속 아른거려서 그러면 안 되는데 자꾸 그 사람을 힐끔댔어. 얼굴이 반 이상 가려졌으니 괜찮을 거야, 라는 바보 같은 생각을 하는 동시에 그 사람이 울고 있다는 걸 알아차렸지.

　　그 사람은 분명 울고 있었어. 그 사람은 그 사람이 바라보고 있는 강물처럼 울고 있었어.
　　잔잔하지만 동시에 끝없이 일렁이는 강물처럼 울고 있었어. 얼굴이 반 이상 가려졌으니 괜찮을 거야, 라는 생각 같은 건 하지 않고 울었을 거야 그 사람은.

왜 참지 못했을까. 자신이 울고 있다는 걸 알기는
했을까.

우리가 타고 있던 지하철은 금세 대교를 건넜고, 그 사
람은 몇 정거장을 더 지난 후에 자신이 오래 기대고 서 있
던 그 출입문을 통해 밖으로 나갔어. 자신의 몸을 바로 세
우고 저벅저벅 걸어가는 뒷모습이 성급하거나 부끄럽지 않
아서 다행이라고 생각했어. 그 사람은 그렇게 집까지 씩씩
하게 걸어갔을 거야. 부디 그러기를 바라.

사람들은 왜 나이가 들수록 눈물이 많아진다고 하는 걸까.
시간이 흐를수록 참지 못하는 것들이 많아지는 걸까.
고여서 흐르지 못했던 것들이 일순간 넘치는 것일까.

울고 싶을 때 울 수 있는 사람이 되어가는 거 같아 기뻐.
정말 기뻐.

잘 참지 못하는 내가 되어가고 있으니. 그저 다행이야.

강물처럼 우는 너에게.

막연한 믿음 __

지독한 순간들이 나를 덮칠 때면, 그 고비를 넘길 수 있는 유일한 길은 막연한 믿음을 떠올리는 일이었다. 믿음이라는 것은 확고한 무언가인데 나는 믿음을 대할 때 언제나 확실하지 못하고 불완전하며 희미하고 막연했다. 그래도 나는 그것을 믿음이라고 불렀다.

누군가 나의 불안을 위로할 때면 나는 언제나

"그럼에도 다행인 건, 난 언제든 단순한 이유로도 쉽게 괜찮아질 수 있는 사람이라는 믿음이 내 안에 있어. 그래서 괜찮고 앞으로도 괜찮을 거야."라고 말했다.

그게 진정으로 나에게 하는 말인지, 아니면 나를 위로하는 누군가를 안심시키기 위한 말인지조차 모른 채 나는 자주 이렇게 말하곤 했다.

이런 대화를 나눈 어느 밤을 기억한다. 우리는 가벼운 농담들로 과거를 가지고 놀다가 무언가 재밌고 새로운 일들이 불현듯 일어나길 바라며 서로의 미래를 도발하곤 했다.

"요즘에서야 조금씩 느끼는 거지만 모든 게 무너질 것만 같고, 더 이상 나한테 아무 일도 일어나지 않을 것만 같다가도 진짜 별것도 아닌 일로 괜찮아지는 걸 보면 인간은 참 단순하다는 생각을 해. 이것 봐. 나 너랑 통화하기 전까지만 해도 어둠 속 어딘가를 헤매고 있었는데 너랑 통화하니까 이렇게나 말이 많아지고 신나 하잖아. 단순하고 가벼운 것들은 진짜 소중해."

　　친구와 나눈 이런 시시콜콜한 이야기들은 어김없이 우리들의 여러 밤을 무사히 넘겨주었다.

　　얼마 전에는 나와 같고도 다른, 같아서 애틋하고 달라서 더 소중한, 아끼는 동생이 힘든 시간을 보내고 있다는 것을 알게 되었다. 인생의 어느 시점에서 꼭 한 번씩 그런 시간들이 나에게 달려들기 마련인데 나는 여전히 그런 시간 앞에서 속수무책이므로, 또 그런 시간을 보내고 있는 사람에게는 어떤 말도 받아들여지기 어렵다는 것을 나 또한 알고 있었기에 나는 아무 말도 하지 못했다. 그러다 어느 날 문득 사 년 전에 쓴 일기 하나를 발견했고, 나의 지나간 아픔이 그녀를 조금이나마 어루만져주길 바라는 마음으로 그녀에게 메시지를 보냈다.

'자꾸 어지럽고, 불안하고, 심장이 빨리 뛰고, 숨쉬기가 힘
드니까 어디론가 자꾸 탈출하고 싶다는 생각을 한다. 탈출
할 수 있는 곳이 어디인지도 모르면서 그런 생각을 한다.
지금 내가 제일 잘하고 싶은 건 숨 잘 쉬기, 밥 맛있게 먹기.
이 두 가지다.'

어제 우연히 사 년 전에 쓴 일기를 봤어. 이렇게 쓰여져 있
더라. 나 저 때 되게 힘들었나 봐.
사람이 마음이 가난해져 있을 땐 어떤 말도 위로가 되지 않
고 나는 영영 이 상태일 것만 같잖아. 그래도 정말 그래도 살
다 보면 어떤 막연한 믿음이 사람을 나아지게 하는 거 같아.
그냥 너한테 갑자기 들려주고 싶었네. 지금은 좀 어때?

　　그녀는 다행히 많이 나아지고 있다며 고맙다는 말과
함께, 언니 말대로 자신에게도 막연한 믿음이 필요하지만,
지금은 무엇을 믿어야 할지 잘 모르겠다고 말했다.

그리고 얼마 후 그녀에게서 하나의 메시지가 도착했다.

저녁 산책을 나와서 계속 걸으면서 언니를 생각했어요.
언니가 믿음이 중요하다고 했었는데 언니 글을 읽다 보니
글 속에서의 언니가 강하게 믿고 있던 무언가를 저도 믿게
된 것 같았어요. 이런 말이 어떻게 들릴지 모르겠지만 제가
오래도록 뱉지 못하고 꾹꾹 감춰놨던 마음이 언니 책에 톡
톡 적혀 있는 기분이었어요. 덕분에 가을을 나고 있어요. 정
말 고마워요.

　　......

여전히 무엇을 믿으며 살아가고 있는지 모르겠다.
나는 무엇을 믿고 있는 걸까.
아무것도 알 수 없음에도, 이 막연한 믿음은 왜 나를
견고하게 만드는 걸까.

우연한 하루 __

집으로 돌아가는 길에 음악은 필수조건이지만, 가끔은 음악을 듣기조차 버거운 날들이 있다.

어떤 날은 아무것도 느끼지 못해서, 또 어떤 날은 차고 넘쳐서 버거운 날들.

아마도 그런 날들은 대체로 사람이 필요했던 것 같다. 음악으로도 대체될 수 없는 사람의 온기가 필요한 날. 목소리 하나로 위로가 되는 그런 날. 하지만 집으로 돌아가는 길은 누군가에게 나의 마음을 털어놓을 만큼의 여력이 남아 있지 않은 경우가 대부분이기 때문에 목소리가 필요한 그런 날엔 라디오를 듣는다.

고등학교 때부터 라디오를 들었다. 주로 심야 라디오를 들었는데 챙겨 듣게 되는 프로그램의 기준은 디제이의 공감 방식과 음악 선곡이었다. 이 두 가지가 나의 취향과 일치하는 경우는 대개 드문 일이었지만 그런 프로그램을 만날 때면 나는 그곳에 온 마음을 기대곤 했다.

아주 가끔씩은 신청곡도 보내보고 짧은 문자를 보내기도 하다 보면 종종 공연 티켓 같은 깜짝 선물을 받기도 했지만, 대체로는 하루의 끝에서 모르는 이들의 하루를 엿들으며 삶의 조각들을 발견하고 나를 다독이는 순간들이 많았다.

그날은 막차를 타고 돌아오는 길이었다. 그때의 내 마

음은 폐허와도 같아서 라디오를 멀리한 지 꽤 오래되었던 것 같다. 온전치 못한 사람의 모습은 종종 모든 것을 바로 보지 못하고 외부의 소리를 그저 소음으로 치부하다가 단절시켜 버리기도 하니까.

하지만 그날은 분명 누군가의 목소리가 필요했다. 그 순간 나는 자연스럽게 아직 지우지 않았던 라디오 앱을 켰고 흘러나오는 모르는 이의 목소리를 들었다. 처음 들어보는 목소리였는데 심야 라디오와 참 잘 어울린다고 생각했다. 듣다 보니 디제이는 아나운서였고 그 프로그램을 진행한 지는 그리 오래되지 않았다고 했다. 나는 어느 지점에서 아나운서가 진행하는 라디오가 뉴스처럼 단단하게 느껴질 거라 생각한 적이 있었는데 나의 선입견을 완전히 깨버리는 누구보다도 온유한 목소리였다.

그 라디오에서는 디제이가 노래의 가사 한 구절을 가져와 그 가사와 함께 자신의 이야기를 일기처럼 들려주는 시간이 있었다. 나는 그날 그녀의 이야기를 듣고는 버스 안에서 청승맞게 울어버렸고 내 마음과 직면하게 되었다. 살다 보면 정말 어느 순간에는 마치 모든 것들이 나를 위해 준비된 것만 같은, 내가 아니면 절대 안 될 것만 같은 그런 순간들을 마주하기도 하는데 그날의 목소리가 나의 하루의 끝을 그렇게 만들어버렸다.

그날 이후 매일 밤 자정이 되면 나는 마치 알람을 맞춰 놓은 듯 당연하게 그곳으로 향했다.

디제이의 완벽한 선곡과 더불어 덧붙여지는 덤덤하지만 아주 확실하고 진솔한 자신의 고백들이 나에게 몹시 큰 위로로 다가와 나는 자주 그곳에 기대었다.

하지만 개편 시기가 돌아오면서 라디오는 종영을 앞두게 되었고 알게 된 지 얼마 안 된 프로가 종영한다는 소식, 길지 않았던 시간 안에 마음을 넘치도록 기댈 수 있었던 곳이 사라진다는 소식에 아쉬운 마음은 이루 말할 수 없었다. 그리고 나는 그녀에게 고마운 마음을 전해야겠다고 생각했다. 아무래도 좋아하는 마음은 숨기기 어렵고 숨기고 싶지도 않아서 이 마음이 더 닳기 전에 표현하고 싶었고 나는 그녀에게 메시지를 보냈다.

(메시지 중 일부)

지금을 오랜 아쉬움으로 남기고 싶지 않아 용기 내어 전해보려 합니다.

...

짧은 시간이었기에 아쉬움도 큰 것이겠지요. 라디오 정말 많이 들었는데 이런 아쉬운 마음이 제게도 신기할 따름이에요. 우연히 저의 밤에 찾아와 주셔서 감사했습니다.

그리고 답장을 받았다.

(메시지 중 일부)

이런 진심을 어떻게 모르는 척 지나칠 수 있을까요.

누군가 저의 부재를 아쉬워한다는 것이 참 미안한 일이기도

하지만 감사한 일이기도 합니다. 보내주신 마음 제가 오래

기억할게요.

프로그램이 종영한 이후, 나는 아직 마음이 맞는 라디

오를 찾지 못했다.

라디오 속 목소리가 주는 위로에 대해 다시금 생각해

보며 언젠가 그 자리로 다시 돌아와 주기를 바라는 마음으

로 멀리서 그녀의 행보를 응원한다.

나는 참 많은 날들을 라디오에 빚지며 살고 있다.

제자리 __

손에 잡힐듯한 시간들이 멀어져 간다.

사라지지 않는 장면들과 마음을 전부 내주었던 사람들이 어느 순간 지난 시절의 것이 되어버렸음을 실감할 때면 가끔은 모든 게 부질없다는 생각, 정말로 부질없다는 생각에 둘러싸이곤 한다. 있음과 없음의 사이를 지나 그 언저리 어딘가를 맴돌고 있다.

간만에 언니를 만났다. 대학 시절 알게 된 언니와는 정작 학교 다닐 땐 애매한 사이였다가 둘 다 대학을 졸업한 후에 가까워지게 됐다. 우리의 만남을 주도한 건 나였는데 언니와는 인스타그램으로 서로의 근황과 안부를 꾸준히 주고받고 있었기 때문에 자세히는 아니더라도 나는 언니가 어떤 걱정과 번민의 시간을 보내고 있는지 정도는 알 수 있었다. 그런 시간을 보내고 있는 언니에게 기꺼이 연락할 수 있었던 건, 애초에 언니가 좋은 사람이라는 것을 금세 알아봤을 뿐만 아니라 언니라면 어떤 이야기든 들어줄 수 있고 나의 이야기도 해줄 수 있을 거라는 믿음이 생기는 사람이었기 때문이다.

예상했던 것처럼 오랜만의 만남임에도 불구하고 우리에게 어색한 기류는 전혀 없었고 참 우리답게도 서로에게 줄 선물을 준비해왔다. 우리는 각자의 선물을 주고받으며 고마움을 한껏 담은 마음으로 서로의 이야기를 나누기 시작했다. 어느 정도 알고 있었지만 언니는 여전히 실연의 아픔에서 많이 벗어나지 못한 듯했다. 생각보다 마음은 마음처럼 쉽게 다뤄지지 않아 제자리걸음을 하고 있다고, 그게 스스로를 너무 무너지게 만든다고 했다. 그럼에도 언니는 무언가를 조금씩 계속해서 해보려 했지만 그러면서도 벗어나지 못하는 자신을 발견할 때면 더 괴로워진다고 말했다. 그리고 자신이 마지막으로 매달리고 있는 것은 요가라고 했다.

최근에 요가를 시작했는데 요가의 가장 마지막 단계는 '내려놓기'라고 했다. 몸을 이완하면서 모든 것을 내려놓으며 제자리로 돌아가는 것이라고. 그것이 가장 어렵다고 했다.

무슨 말인지는 너무 알겠는데 또 너무 의미심장해서 언니와 나는 우리가 내려놓기의 단계까지 가기 전에 죽을 거라고 큭큭거리며 웃어넘겼다. 나는 언니의 말을 듣고는 제자리로 돌아가는 것이, 제자리가 존재한다는 것이 나쁜 것만은 아닌 거구나… 하고 잠시 생각했고 곧 언니는 나의 상태를 물었다. 언니가 해준 말들을 떠올리며 모두의 제자리가 마음의 중심에만 있는 것은 아니겠지만 그래도 나는 아직 그 중심을 믿으며 나아지려 노력하고 있다고, 많은 것들이 제자리로 돌아가고 있는 것 같다고 내 마음에 책임지지도 못할 말들을 꽤나 가볍게 뱉었다.

아쉬움을 뒤로하고 각자 집으로 돌아가면서 언니는 조심히 들어가라는 메시지와 함께 우리는 오늘 같은 마음을 가졌고 또 나눴다고 말해줬다. 그 말이 마음 한구석에 따듯한 채워짐으로 자리 잡았고 나의 영혼도 함께 따스해지는 것을 느꼈다. 간만에 언니와 나눈 아무 의미 없는 가벼운 수다도, 과하게 진지하고 깊었던 대화도 그날은 더욱 특별하게만 느껴졌다.

누군가와 이런 충일감 넘치는 대화를 나눈 날에는 집에 돌아가는 길에도 이 대화들을 붙잡고 싶은 마음에 나로 돌아가기 싫어지는 지경에 다다른다. 그 따스함이 좋아서 나로 돌아가면 안 될 것만 같은 기분, 제자리로 돌아가면 모든 걸 다시 망치게 될 것 같은 기분이 넘나들었다. 그날의 대화와 분위기는 그 밤의 공기를 흩어 놓았고 나는 일렁이는 마음을 다잡으며 집에 돌아와 깊은 잠에 들려 노력했다. 그리곤 꿈을 꿨다.

　　꿈에서는 걷고 있었다. 무빙워크 위를 반대로 걷고 있었다. 걷고 걸어도 제자리일 수밖에 없는 걸음을 나는 지치지도 않고 쓸데없이 잘도 걷고 있었다. 내가 걷고 있는 곳의 맞은편에서는 내가 이해하지 못했던 사람들이 앞으로 나아가지 못하는 걸음을 나와 함께 하고 있었다. 우리들은 그렇게 제자리를 끊임없이 걷고 있었다. 걷고 걷고 또 걷다가 나는 여태껏 하고 싶었지만 하지 못한 한마디를 했다.

"나는 끝끝내 너를 이해하지 못할 거야."
"나는 너를 다 이해해."

내가 할 수 없는 것을 너는 할 수 있다고 말한다.
나는 이제 그게 무슨 말이지 잘 안다.

나의 것 __

　내가 더 이상 앞으로 나아가지 못하고 있다고 느낄 때, 나는 그림을 배웠다.

　그림을 배운 이유는 단 하나, 내가 그림을 정말 못 그리기 때문이다. 초등학생 때는 미술학원 연합대회에서 상 받았던 기억도 있는데 아무리 생각해봐도 나의 그림 실력은 딱 그쯤에서 멈춘 듯했다. 그런 이유에서 나는 그림을 외면했다. 뭐든 잘 해내고 싶은 마음이 컸던 만큼 못 하는 일에는 흥미도 없었을뿐더러 애초에 그런 일은 거들떠보려 하지도 않았다. 쓸데없는 고집이자 자존감이 바닥을 치던 그 시절의 나를 초라함으로부터 방어할 수 있는 유일한 방법이라고 생각했던 것 같다.

이런 생각을 가졌던 내가 그림을 배워보기로 마음먹었던 건 배움이 필요하다고 느꼈기 때문이었다. 그게 어떠한 배움이든 나의 무지의 영역에서, 내가 갖지 못한 능력을, 내가 선망하는 이에게서 가르침 받고 싶었고 그 가르침이 나를 다른 방향으로 나아가도록 이끌어 줄 수도 있을 거라고 생각했다.

그리는 사람들을 선망했다. 그림을 잘 그린다는 것은 절대적으로 타고난 능력이라 생각했고 내가 갖고 있지 못한 재능으로 무언가를 자유자재로 표현하는 모습이 그렇게 멋질 수 없었다.

그래서 자주 봤다. 그리진 못해도 볼 수는 있으니 열심히 찾아봤다. 내가 구현해내지 못하는 마음들이 종종 형태로써 그려지는 것을 보며 알 수 없는 희열감 같은 것을 느끼곤 했으니까.

　　보면 볼수록 각자가 그려내는 그림 안에서 점점 그리는 이가 보이기도 했는데 이 또한 새로운 그림을 발견할 때마다 느끼는 가장 흥미로운 지점 중 하나였다.

　　그중, 내가 좋아하는 그림체를 가진 일러스트레이터가 클래스를 진행한다는 소식을 들었고 그렇게 나는 불완전한 나를 찾으러 그림이라는 세계에 호기롭게 한 발을 내디뎠다.

　　그리고 나는 선망하던 일러스트레이터를 선생님이라고 부를 수 있게 되었다.

　　클래스는 여덟 명 정원의 소규모로 진행됐다. 첫 시간

에는 본격적인 수업 시작 전 잠시 간단한 자기소개 시간이 있었는데 역시나 대부분의 수강생들이 그림이나 디자인에 관련된 종사자이거나 그림을 그려본 적이 있다고 했고, 수업에서 필요한 색연필과 마카를 이미 구비하고 있는 수강생들도 꽤 있었다. 그들 사이에서 내 마음은 쪼그라들었고 나는 그저 선생님의 그림이 좋아서 이곳에 왔고 그림에 대해서는 문외한이라고 힘주어 말했던 기억이 난다.

수업은 주로 하나의 주제 안에서 자신이 그리고 싶은 장면을 가져와 그리는 식이었는데 먼저 선생님께서 그리는 방식으로 시범을 보여주셨고 나머지 시간은 각자가 골라온 장면을 선생님의 방식을 빌려 그려나갔다. 나는 좋아하는 영화의 한 장면을 준비해 갔다.

두 주인공이 버스 안에서 서로를 바라보고 있는 사진이었는데 선을 하나 그어나가는 것조차 대단한 용기처럼 느껴질 정도로 작아졌던 나는, 그 장면 속 두 주인공에게 눈을 떼지 않고 마치 내가 그들의 친구인 양 그들에게 한껏 의지해가며 그림을 그려나갔다.

첫 결과물이 만족스럽지는 않았지만 선생님의 방식을 빌려 그림을 그리니 시작조차 하지 못했던 그림이 완성되었다는 사실 하나로도 나는 이미 그리는 일에 마음을 뺏긴 듯했다.

이어지는 수업에서는 조금씩 자신감이 붙었고 그림을 그리면서 선생님과 나눴던 조심스러운 대화들이 수업의 생기를 더더욱 불어넣어 주었다. 선생님은 함부로 칭찬하거나 평가하지 않는 분이셨고 나는 선생님의 그런 점이 좋았다.

몇 주쯤 지났을까. 그림을 그리고 있는 수강생들을 둘러보시다가 선생님은 내가 그리는 그림을 보시곤 살며시 웃으며 말씀하셨다.

"선희 씨는 선희 씨만의 것이 확실히 있네요. 그림만

봐도 이제 선희 씨인지 알 것 같아요."

이 말을 들었을 때의 떨림을 잊지 못한다. 나를 잘 몰라서 앞으로 나아가지 못하고 있을 때, 선생님은 가장 어두운 곳에도 나의 것이 있다고 알려주었다.

당신만의 것. 나의 이름이 가장 나의 이름답게 불리는 듯한 기분이었다.

여전히 내 방 곳곳에는 선생님의 그림이 내 시선에 머물고, 나는 선생님의 그림을 보며 나의 것을 떠올린다. 자꾸만 도망가서 사라지려고 하는 나의 것을 지키기 위해서는 누군가의 시선도 필요하다는 것을 알았다. 소중한 스승님. 누군가의 시선은 이렇게나 귀하다.

타인의 시선으로 나의 것을 발견하는 일들이 삶에서 지속될 수 있기를 나는 바란다.

지금이 ___
아니면 언제? _____

나에게는 아주 오래 기억될 용기의 산물이 있다.

나는 그 기억을 영원히 자랑할 것이고 그때의 나를 오랫동안 떠올릴 것이다.

벌써 육 년도 더 지난 일이다. 그의 공연장에 다녀온 것은.

대학에 입학하고 한창 영국 팝에 빠져 있을 즈음이었던 것 같다. 어김없이 영국 뮤지션의 노래를 찾아 듣다가 나는 에드 시런이라는 뮤지션을 알게 됐다. 당시 한국에서는 잘 알려지지 않았지만 영국에서는 떠오르는 신인이었다. 나는 단숨에 그의 두 번째 정규앨범 'X'에 매료되었고 그의 음악을 닳도록 들었다. 누군가의 음악에 흠뻑 빠져버리게 되면 그의 음악은 그 시절 나의 종교가 되기도 하고, 단순 음악을 넘어서 그 뮤지션의 세계와도 사랑에 빠지게 된다. 고작 삼 분만으로도 이런 마법 같은 일들이 음악 안에서는 일어나기도 하더라.

그 시절 나는 에드 시런의 음악을 사랑했고, 곧 그의 첫 내한 소식이 들렸다. 심장이 뛰었다.

평소 음악을 좋아해 공연장에 자주 다녔었지만 정작 내한공연은 한 번도 가본 적이 없었기 때문이다. 하지만 문제가 있었다. 대학생이었던 나에게 내한공연의 티켓값은 결코 친절하지 않았고, 더군다나 함께 공연장에 가줄 친구가 없었다. 주위에는 아직 에드 시런을 아는 친구가 없었고 자신이 모르는 가수의 공연장에 십만 원이 웃도는 값을 지불하고 공연을 보러 갈 대학생은 흔치 않았다. 나는 고민했다. 과연 혼자서, 티켓값과 나의 용기가 부끄럽지 않을 만큼 공연을 즐기고 올 수 있을까. 두려움이 앞섰다.

하지만 이런 고민도 잠시, 더 나은 좌석을 고르고 있는 나를 발견했다.

'그래, 이왕이면 민망할 거 제대로 민망해 보자. 혼자 스탠딩에 가보는 거야.'

지금도 어렴풋이 기억나는 건, 왜인지는 모르겠지만 그때가 아니면 다시는 에드 시런의 공연을 보지 못할 것만 같았다. 나는 그 후에 수많은 내한공연에 갔지만 유독 에드 시런의 공연에 다녀온 그때의 나를 떠올릴 때면 꼭 무언가에 씐 사람 같았다는 생각을 한다.

'그래. 지금이 아니면 언제 또 가겠어.'

하지만 모든 건 순조롭지 않지. 공연을 하루 앞두고 나는 응급실에 갔다.

장염에 심하게 걸렸고 탈수증상과 더불어 고열이 났다. 아무것도 할 수 없었다. 응급실에 누워 식은땀을 흘리며 링거를 맞으면서도 머릿속에는 온통 공연 생각뿐이었다.

'과연 이 몸으로 내가 공연장에 갈 수 있을까. 무려 스탠딩인데 가서 탈수증세로 쓰러지는 건 아닐까. 혼자인데 쓰러지면 누가 날 챙겨주지. 근데 지금 취소하면 수수료는 얼마더라. 돈이 문제가 아닌데 에드 시런을 볼 수 없다고….'

온갖 생각들이 나를 조여왔다. 엄마는 이 상태로 혼자 어딜 가냐며 집에서 쉬라고 했지만 나는 공연 당일 아침까지 고심한 끝에 주섬주섬 옷을 챙겨 입었다.

'그래. 쓰러져도 가서 쓰러지자.'

집에서 두 시간을 달려 공연장에 도착했다.

공연장에 도착한 후 나를 놀라게 한 것은 두 가지였는데 첫째는 관객이 정말 없었다는 것(이층 좌석이 반 정도가 비어 있었다)과 스탠딩에 있던 대부분의 관객들이 외국인이었다는 사실이었다. 나는 지금 여기가 한국이 맞는지 끊임없이 두리번거리며 쭈뼛댔다. 그들은 이미 너무 신나 보였고 나를 제외한 모든 이들의 들뜬 표정에 이질감을 느꼈지만 곧 공연이 시작되고, 나는 이상하고 아찔한 해방감을 느꼈다.

아직도 기억한다. 그가 어찌나 열정적으로 기타를 치던지 그는 한 곡을 부르고 다른 곡으로 넘어갈 때마다 그 사이 다시 튜닝해놓은 기타로 바꿔가며 공연을 했다. 기이한 광경이었다.

그 당시에는 겨우 앨범 두 개를 발매한 가수였기에 내가 좋아하는 모든 수록곡들까지 빠짐없이 들을 수 있었다.

실로 황홀했다. 손꼽아 기다리던 노래의 전주가 흘러나올 때면 등줄기에 소름이 돋았고 어느새 외국인들 사이에 끼어 방방 뛰고 있는 나를 발견했다.

　순간 나는 내가 왜 이곳에 홀로 와 있는지, 아직 잘 알려지지 않은 영국에서 온 가수를 보겠다고 아픈 몸을 이끌고 어쩌다 여기에 왔는지, 나를 여기까지 이끈 힘은 무엇인지에 대해 생각했다. 혼자였던 내가 외국인들과 몸을 부딪쳐가며 그들과 하나가 되고, 모든 것을 잊고, 순간의 자유를 느끼는 것. 이런 게 음악의 힘인 걸까. 한동안 그 생각이 떠나질 않았다.

　그는 지금 말 그대로 월드 슈퍼스타가 되었다.

　몇 년 뒤, 그는 다시 내한했고 이제는 그의 공연 티켓을 구하기 힘들다는 소식을 전해 들었다. 그리고 나는 그의 공연장에 가지 않았다. 지금 돌이켜보면 별것도 아닌 일이, 그때의 어린 나에게는 꽤나 큰 용기의 순간으로 남아 있기에 나는 그 순간을 영원히 잃고 싶지 않았다. 사랑하는 것에 한껏 몸을 던진 그 시절의 나를 더 오래 기억하고 싶었다. 시간이 지날수록 바래지 않고 더욱이 빛나고 있는 유일무이한 기억이기에.

그런 순간들의 나를 놓치고 싶지 않아서, 용기 내기 두려워질 때마다 되뇐다.

'지금이 아니면 대체 언제?'

모르는 ___
이의 이야기 _____

이야기를 목격하는 일.

만날 수 없는 사람들에 대한 호기심이 많은 나는 인터뷰 영상을 좋아한다. 매체에서 보이는 이미지와는 또 다른, 그 사람의 고유함과 삶을 대하는 태도를 잠시나마 엿볼 수 있다는 것이 인터뷰의 참된 매력인 것 같다. 텍스트로 된 인터뷰를 읽는 것보다 영상을 더 선호하는 이유는 그들이 하는 말뿐만 아니라 그들의 눈빛이나 손짓, 미소, 말과 말

사이, 작은 행동들까지 말하는 이의 상태를 고스란히 나타내주기 때문이다. 그런 지점을 하나하나씩 발견하고 알아가는 과정은 꽤나 흥미롭다.

그렇게 자신의 이야기를 말하는 사람들의 영상을 보다 보면 그 사람의 새로운 면모를 발견하기도 한다. 이를테면 인터뷰 도중, 인터뷰어에게 꼭 한 번씩 "그 질문 참 좋은 질문이네요."라고 말하는 사람을 보며 나는 그에게서 다정함과 사려 깊음을 발견하고, 자신이 받은 질문이 한 번도 생각해본 적 없는 질문이라며 흥미로워하다가 잠시 대답을 멈추고 진지하게 생각에 몰두하는 모습에서 전에는 몰랐던 진중함을 발견한다.

얼마 전에는 인터뷰 영상에서 어떤 이가 보고 싶다고 말하는 것을 보았다. 보고 싶다는 말은 너무도 흔한 말인데 나는 그가 말하는 '보고 싶다'가 마치 처음 들어보는 말처럼 느껴져 새삼 놀랐다. 보고 싶다는 말이 이렇게 슬픈 말이었나? 그 후로 나는 보고 싶다는 생각을 할 때 보고 싶다고 말하던 그 사람의 눈빛을 자꾸만 떠올린다. 잘 알지도 못하는 사람의 얼굴을 나는 이렇게 가끔씩 떠올린다.

"내 영웅들 앞에서 나의 내면에 사는 영웅의 외침을 듣는 게 너무 좋습니다."

애정하는 외국 배우가 한 시상식에서 말한 수상 소감의 일부다.

이 문장을 말하는 그의 눈빛은 이루 말할 수 없이 빛났고, 벅찼고, 당돌했고, 진솔했으며 동시에 여유를 지니고 있었다. 나는 그가 뱉어내는 이 문장을 듣는 순간 그가 몹시 부러워졌다. 오랫동안 바라고 그려온 장면을 누군가가 명징하게 겪고 있었고, 나는 그것을 생생히 목격한 것이다.

가끔 내가 목격한 어떤 문장들은 내게 깊게 파고들어 생각의 씨앗을 뿌린다. 그의 한마디를 시작으로 내가 키워 낸 내면의 영웅에 대해 생각한다. 내 안에도 그런 영웅이 존재한다.

　　그 영웅은 내가 가지지 못한 것들을 가지고 있다. 나는 내가 살아가며 느껴왔던 빈틈을 그 영웅에게 대신 메꾼다. 그 영웅만은 내가 가진 아픔이나 결핍 같은 것들은 모르는 존재이길 바라는 마음으로 차곡차곡 나의 영웅을 만들어 나간다. 그렇기에 그 영웅은 언제나 씩씩하고 용감하며 쉬이 흔들리지 않는다. 그리고 나는 그 영웅에게 이룰 수 없는 꿈을 꾸게 하는데 가끔은 그 영웅이 얼마나 외로웠을까, 하는 생각도 해본다.

　　이 외로운 영웅은 아마도 자신과 비슷한 이를 발견하면 내가 전에는 가져보지 못한 용기를 가지게 되는 방식으로 자신의 살아 있음을 생생히 느끼게 만들 것 같다. 그런 순간이 온다면, 나도 그 배우가 말했던 내면의 사는 영웅의 외침을 들을 수 있을까.

　나에게 날아들었던 그의 한마디를 나도 이해해보고 싶다는 생각을 한다.

　세상의 이야기를 계속해서 들을 것이다. 누군가의 고백을 통해 끊임없이 나를 발견하는 일이 나는 여전히 너무 즐겁고, 무엇보다 내가 살아 있음을 느끼게 해주니까.

노을을 __
등지는 사람 _____

　나는 해가 지는 곳으로 걸어가는 사람일까, 지는 해를 등지고 걸어가는 사람일까. 그것도 아니면 반대편에서 지고 있는 해가 보고 싶어 위태롭게 뒤로 걸어가는 사람일까.

　일 년 전에는 해를 바라보며 걷다가, 올해는 해를 등지고 걸었다. 제주의 서쪽 끝에 위치한 숙소에 머물던 작년과는 달리 올해는 어쩌다 보니 동쪽 끝에 위치한 숙소에 머물게 되었다. 여전히 또렷하게 그려지는 서쪽 동네의 풍경이 그립기도 했지만 머물던 숙소가 문을 닫기도 했고 가보지 않았던 동쪽의 모습이 궁금하기도 했다.

제주에 내려오면 제일 자신 있는 것과 잘할 수 있는 것은 걷기다. 자랑하고 싶을 만큼 걷는 것을 좋아해서 제주처럼 해안가가 끊임없이 펼쳐진 곳이면 매일 한두 시간씩을 걷는다. 주로 내가 머무는 곳에서 반대 방향으로 걸어가 다시 돌아오는 루트인데 작년에는 서쪽에 머물다 보니 돌아가는 길엔 언제나 해가 지는 것을 볼 수 있었다. 해가 지는 것을 보면서 걸으면 시시각각 변하는 노을 때문에 모든 시선이 그곳에 쏠리고 다른 것은 눈에 담을 수 없게 된다. 아름답기 그지없는 노을에 온 마음을 빼앗겨 버리는 것이다. 그렇게 매일을 다르게 져버리는 해를 바라보며 작년의 나는 저무는 마음에 대해 자주 생각했던 것 같다.

올해는 돌아가는 길에 자꾸 뒤를 돌아본다. 내가 걸어가는 길의 반대편으로 아름다운 풍경이 자꾸만 쏟아지는데 나는 깜깜한 어둠이 찾아오기 전까지 숙소로 돌아가야 하니 걸음을 쉬이 멈출 수가 없다. 그래도 놓치고 싶지 않은 풍경들을 보려 뒤를 힐끔거리며 걸어가다 보면 작년에는 발견하지 못했던 다른 뒷모습들을 발견한다.

저 멀리 바다와 맞닿은 어느 커다란 검은 바위 위에 걸터앉은 사람의 뒷모습. 해안가를 따라 걸어가는 내내 그 뒷모습을 보다가 그 사람을 지나쳐가면 나는 져버리는 노을을 보다도 그 뒷모습을 보려 몇 번을 더 돌아본다. 그 사람은 무슨 생각을 하고 있을까. 아니, 어쩌면 아무 생각도 하지 않을 수도 있겠지.

그렇게 걷다가 보면 또 다른 뒷모습을 본다. 스쿠터를 세워두고 바로 옆 작은 바위에 기대 몸을 웅크리고 가만히 앉아 두 손을 무릎 위에 모은 채로 먼 곳을 응시하는 듯한 뒷모습. 그 사람은 어쩌다 달리던 스쿠터를 멈추고 이곳에 웅크리고 앉아 있을까. 왜 이곳이어야만 했을까. 달리는 스쿠터를 기어코 멈추게 만든 건 어떤 마음일까.

　　순간 나보다도 바다와 더 가까이 있는 그들의 뒷모습이 몹시 쓸쓸해 보여 걱정이 되었다가도 그런 생각은 이내 사그라든다. 나의 뒷모습도 누군가에게는 그랬을 테니.

　　노을을 등지며 걷는 것도 나쁘지 않다. 한동안 잊지 못할 뒷모습들을 보았기 때문이다.

　　돌아가는 길에는 저 멀리 큰 새 한 마리가 부리를 쪼아 대는 다른 새들과는 달리 고고한 자태를 뽐내며 가장 멀리 있는 바위 위에 앉아 있었다. 절벽 끝에서도 고고할 수 있는 존재.

　　새는 아주 멀리 있는 무언가를 보고 있었다.

부르는 이름 __

너에게서 다정하다는 말을 들었다. 아마도 네가 내게서 느낀 다정함의 기분은 내가 너의 이름을 자주 부르는 것에서 비롯되었을 것이다.

아끼는 시집의 좋아하는 한 구절이나 기억에 남는 글귀를 발견하면 속으로 읽다가, 읽고 또 읽다가 소리 내서 읽게 되는 것처럼 나는 너의 이름을 그렇게 소리 내어 불렀다.

좋은 건 속에서 가만두지 못하고 기어코 입 밖으로 나오는 것이니까.

나는 너에게 말하는 나의 모든 문장의 앞과 뒤, 그리고 사이사이에 너의 이름을 넣어 불렀다. 어쩌면 네가 다정하다는 기분을 느끼지 못하는 게 더 이상한 일이었을 거라는 생각이 들 만큼 나는 너의 이름을 자주 불렀다.

친구들은 나의 이런 변화를 눈치채기도 했다. 내가 유독 너의 이름을 자주 부른다고 했다.

나는 너를 부를 때, 너와 이야기할 때, 너에게 편지를 쓸 때도 쓰지 않아도 되는 곳곳에 너의 이름을 부르고, 붙였다. 종종 다른 사람들은 너의 이름 세 글자에 모두 받침이 들어가 부르기가 어렵다며 이름을 끊어 부르거나 줄여 불렀지만 나는 너의 이름을 있는 그대로 세 글자 모두를 발음하거나 성을 뺀 이름만을 불렀다. 생각해보면 그게 내가 할 수 있는 유일한 일이었던 것 같다.

언제부턴가 너의 이름을 부르지 않는다. 아무도 나에게 너의 이름을 말하지 않는다. 너의 이름은 금기어가 아닌데 아무도 너의 이름을 말하지 않는다. 너의 이름을 어디서 찾아야 할까. 어디에나 있지만 어디에도 없다. 황망한 마음은 시들지 않는다.

나는 가장 쉬운 말로 너를 말하고 그게 너에게 닿기를 바랐지만 내가 할 수 있는 가장 쉬운 말은 다른 어떤 것도 아닌 너의 이름을 자주 부르는 것이었다. 어쩌면 너의 이름을 자주 부른 것은 그저 나를 달래기 위한 부르짖음이었을 것이다.

행복하다고 말해버리면 그 행복이 깨져버릴 것 같아서 말하지 못하는 것처럼, 그립다고 말하면 더 사무치게 그리워져 버릴까 봐 입 밖으로 꺼내지 못하는 것처럼 나는 너의 이름을 부르지 못했다. 이런 다짐들은 지켜지지 않는 경우가 언제나 더 많았지만, 이제는 정말 너의 이름을 부르지 않는다.

이번 유월은 유독 아름다웠고, 그런 유월이라는 말이 좋아 나는 유월을 자꾸만 발음했다.

그리고 부르고 싶은 이름을 유월이라고 말한다.

'나는 유월이 좋아.'

나로 돌아가는 길에

III

너에게 가능한 일이 ___
나에게 불가능한 일일 때 _____

사랑하는 사람들의 옆에 있을 때, 가끔 상대의 좋은 점
이 나와 대비되어 나의 빈 공간들이 보일 때가 있다. 그럴
때면 이유 모를 공허함을 느끼곤 하지만 이내 그 사람의 따
뜻함을 알기에 그것이 원망이나 자책이 되지 않는 그런 순
간들. 그런 순간들을 나는 사랑한다. 그런 충만함을 한껏
느낄 때면 '너에게 가능한 일이 어쩌면 나에게도 가능한 일
이 될 수 있지 않을까…' 하는 희망찬 생각을 해본다. 불가

능한 일인 걸 알면서도.

　너에게 가능한 일이 나에게 불가능한 일일 때 나는 불안했고, 그것이 명확히 불가능한 일이라는 것을 알게 될 때면 괴로웠다. 우리들의 세계는 결국 같을 수 없고 우리는 같은 우리가 될 수 없다는 것을 알아버렸지만 그럼에도 우리는 공존할 수 있음을 알았다.

　우리가 동일한 세계를 가질 순 없어도 네가 나의 세계에서 살 수 있다고, 기꺼이 나의 세계에 들어와도 된다고 말하기 위해서는 솔직해져야 했다. 그렇기에 솔직한 사람이 되고 싶었다. 솔직한 사람이고 싶다는 생각을 할 때면 나는 더욱더 영원히 비겁한 사람으로 남을 것만 같았지만 다행히도 사랑하고자 하는 마음은 언제나 그 이상의 용기를 주곤 했다.

　좋아하는 사람이 해줬던 이야기가 생각난다.

나의 시선에서 그 사람은, 사랑을 쉽게 주지 않는 사람처럼 보였다. 아마도 그 사람에게 가능한 것이 나에게는 온통 불가능한 것으로 여겨졌기 때문이었던 것 같다. 나는 용기를 내어 당신에게 사랑은 어떤 것이냐 물었고, 그 사람은 이렇게 답했다.

　　"나의 깊숙한 곳에는 아주 큰 호수가 있는데 나는 그 호수가 조금이라도 요동치는 것을 볼 수가 없어. 그래서 매 순간 잔잔한 상태를 유지하기 위해 애쓰고 있어. 나의 힘을 온전히 그곳에 쏟으면서. 종종 그게 나를 힘들게 하는데, 사랑하는 사람에게는 이 호수 전부를 내어줄 수 있어. 나한테는 그게 사랑이야."

　　그의 이야기를 듣고 있는 순간만큼은, 그 사람이 내가 동경하는 상태의 솔직함을 가진 유일한 사람인 것처럼 느껴졌고 신기하게도 나의 모든 불안은 사라졌다.

과연 나는 불안에 잠식되지 않고 나아가 사랑하는 이들에게 온전한 사랑을 주고, 그들에게 가능한 일이 나에게 불가능한 일이더라도 무너지지 않을 수 있을까.

진솔한 마음이 나를 가능으로 이끌 수 있을까.

나는 어김없이 솔직해지기 위해 불안을 쓰고, 기록하고, 말한다.

솔직함이 무기가 되지 않는 선에서 모르는 것을 모른다고 말하고 사랑을 사랑이라 말하는 그런 사람이 되어야지.

아무것도 __

생각이 많은 날엔 몸을 움직인다.

몸을 쓰기 귀찮다는 이유로 머리를 쓰며 여타 다른 방법들을 강구해보지만 역시나 몸을 움직이는 것만큼이나 효과적이고 건강한 방법은 결코 없었고 앞으로도 그럴 것이 분명하다. 그래서 나는 자주 걷거나, 걸으며 뛰거나, 자전거를 탄다. 대부분 야외에서 하는 활동들이니만큼 날씨까지 날 도와줘야 하는 번거로움이 있지만, 그럼에도 생각이 많은 날엔 움직인다.

그날은 바람이 많이 부는 날이었던 것 같다. 그날을 생각하면 날씨가 가장 먼저 떠오르는 이유는 아마 내가 계절의 문턱에 서 있다고 완연히 느끼고 있었기 때문일 것이다. 계절의 한가운데 있는 것도 좋지만, 계절의 문턱에서 바라보는 것들이 좋고 계절과 계절 사이에서만 발견할 수 있는 것들이 소중해서 나는 더 그곳에 머물고 싶었다. 보내는 아쉬운 마음과 맞이하는 맑은 마음이 공존할 때면 나는 이따금씩 다시 태어나는 기분이었으니까. 정말이지 모든 게 다 괜찮아질 것만 같은 마음.

그날 나는 그 마음을 가졌다. 출판사와 첫 책을 계약하고 돌아오는 길.
보내는 마음과 맞이하는 마음이 이루 말할 수 없이 커져서 그냥 집으로 들어갈 수가 없었다.

뭐라도 해야겠는데 당최 뭘 해야 할지 몰라서 바람이 많이 불던 그날, 나는 자전거를 타러 갔다. 내가 사는 동네에는 사십 분에 오백 원인 공용자전거를 대여할 수 있는 자비로운 혜택이 존재하므로 나는 곧장 공원으로 가서 자전거를 빌렸다. 이제는 대충 눈대중으로 봐도 자전거의 페달 상태를 알 수 있지만 굴려보지 않으면 완벽하게는 알 수 없기 때문에 자전거를 고르는 일은 언제나 복불복이었다. 그래도 그날은 뭐든 괜찮을 것만 같았다.

　　역시나 자전거 고르는 솜씨는 여전히 부족해서 내가 고른 자전거는 유난히 삐거덕거렸지만 그럭저럭 탈 만했다. 자전거에 올라타 내 마음에 꼭 맞는 음악들을 선곡해두고 페달을 밟기 시작했다. 바람이 많이 부는 날에 자전거를 타면 참 좋다. 앞으로 더 쉽게 나아가는 기분, 온 세상이 나를 한껏 밀어주는 기분. 그 기분을 만끽하며 그날 있었던 일들을 곱씹었다.

아무리 생각해도 꿈만 같아서 마음이 쉽게 정리되지 않았다. 벅차고 감사한 마음이 밀려들면서도 내가 해도 되는 일인지, 과연 내가 해낼 수 있을지에 대한 걱정에 빠져들었지만 내가 지금껏 쌓아온 마음들이 나를 여기까지 이끌었다는 사실에 묘한 감정들이 차올라 몇 번을 울컥했다.

그렇게 계속 달리다 보니 내가 보내야 하는 마음과 맞이해야 하는 마음이 선명히 보였다.

온갖 복잡한 감정들이 점철되어 보내지 못하고 끌어안고만 있던 가여운 마음과 내가 세상으로 충분히 나아가도 된다는 허락을 받아낸 것만 같은 당찬 마음이 나를 뒤흔들었고 계절과 계절 사이에서 느꼈던 정말이지 다 괜찮아질 것만 같은 기운이 끝내 나를 맞이했다.

계절은 여름을 맞이할 준비를 마친 듯했다.

그 자리에 묵묵히 있어 주는 것들을 눈에 담으며 삐거덕거리는 자전거를 타고 인적 드문 길을 달리다 터널을 지났다. 터널을 빠져나가는 순간에 한껏 낮아진 태양 때문에 빛이 한순간 쏟아져 잠시 아무것도 보이지 않았는데 나는 아주 잠깐동안 그 상태로 계속해서 페달을 밟았다.

아무것도 떠오르지 않는 순간이었다.

오래 ___
남아주는 것 _____

별이 밤하늘에 그득했다.

수년 전, 네팔에서 탄성조차 내지르지 못할 만큼 무수한 별들을 봤던 이후 아마 가장 많은 별이 수놓아진 하늘을 마주한 날일 거다. 여행 중에는 이런 행운이 꼭 한 번씩은 들이닥친다. 듬성듬성 세워진 가로등 사이사이에서 더 또렷해지는 별들을 볼 때마다 내 시선은 끝없이 하늘로 향했다. 하늘을 보며 걸었다. 별자리를 찾으려고도 애썼다. 고개를 한껏 젖혀 하늘만을 바라보며 걷다 보면 하늘은 우주가 되고 바다가 되었다. 거리에는 아무도 없었고 달리는 차도 없었다. 인도와 차도의 구분이 크게 없는 그 거리에서 나는 자꾸만 중심을 잃으면서도 계속 그렇게 앞으로 걸었다.

수년 전의 나였다면 걷다가 멈춰 서서 핸드폰을 꺼내 들었을 것이다. 그 순간을 담고 싶어서, 혹은 담아야 한다는 의무감에 사로잡혀 사진을 찍고야 말았을 것이다. 하지만 그 밤하늘을 봤던 날은 숙소에 도착할 때까지 단 한 번도 핸드폰을 꺼내 들지 않았다. 그때의 나는 그 거리를 걸으면서도 지금 내가 보는 풍경을 절대 나의 시선만큼 담아내지 못할 거란 걸 무의식적으로 알았던 것 같다. 언제부턴가 내가 원했던 원치 않았던 간에 카메라에 담지 못한 순간들을 더 선명하고 분명하게 기억해내는 나를 발견하면서 순간에 집착해 사진을 찍는 일이 무용하게 느껴지기 시작했다.

선배는 내가 알고 있는 사람 중 가장 많은 여행지를 다녀본 사람이었고 나는 간만에 선배를 만났다. 선배는 겁이 없었고 세상을 사랑하는 사람이었다. 그런 마음으로 세상 어디든 누빌 수 있는 사람이었다. 나는 선배의 그런 용감함이 언제나 부러웠다.

　　우리는 머지않은 미래에 할 수 있는 여행에 대해 이야기했고, 나는 선배가 여행했던 수많은 여행지 가운데 과연 선배가 가장 먼저 떠올리는 곳이 어디일지 괜스레 궁금해졌다.

　　그리고 의외의 답을 들었다.

　　나는 선배가 대부분 따듯한 나라에서 여행 중이었던 모습들을 사진으로 봐왔던 터라 너무나 당연스럽게 여름의 장면들을 떠올렸는데, 돌아온 답은 모스크바였다.

　　선배는 그곳에서 다시는 못 볼 설경을 보았다고, 정신이 아득해질 만큼 추웠어도 그 추위가 결코 힘들지 않았다고 말했다. 선배는 내가 모르는 아름다움에 대해 설명하고 있었다.

영화와도 같은, 어쩌면 영화보다도 더 영화 같았던 모스크바에서의 추억을 곁들여 이야기를 나열하는 선배의 눈은 내가 여태껏 봐왔던 그 어떤 눈빛보다도 깊고 빛났다는 걸 기억한다.

그리고 이야기를 마친 후 선배는 말했다.

"근데 그때 휴대폰을 잃어버려서 사진이 하나도 없어. 그게 참 아쉬워."

그토록 많은 나라를 여행하고, 하나를 꼽을 수 없을 거라 확신하며 물었던 나의 질문에 확신에 차 대답했던 곳은 여행을 끝으로 한 번도 꺼내본 적도 없고 다시는 눈으로도 되새길 수 없는 곳이었다. 선배의 sns에 기록된 수많은 여름의 장면들이 아닌, 기록할 수조차 없는 몹시도 추웠던 그

곳. 선배는 그 누구와도 공유할 수 없는 날들을 자신만의
기억으로 그 어떤 날들보다 값지게 기억하고 있었다. 아쉽
다고 말한 선배였지만 나는 왠지 모르게 선배가 그곳을 아
주 오랫동안 기억할 것만 같다고 생각했다.

　　어떤 날은 의도치 않게 순간에 너무 몰입하는 나머지
그 순간을 남길 새도 없이 지나가는 날이 있다. 그러나 정
말 신기한 건, 그런 날들은 아쉽지가 않다는 거다.
　　남기지 않았다고 사라진 것이 아니다.
　　내 기억 어딘가에서 그 무엇보다도 아주 선명하게, 오
래 남아줄 것을 나는 안다.

나만의 이야기 __

"너 많이 변했어."

저녁을 다 먹어갈 때 즈음, 친구가 넌지시 말했다.

"나? 그런가…?"

"요즘 많이 힘들어 보여. 스스로를 잘 보살펴야 해. 밥도 잘 챙겨 먹구."

잘 숨기고 있다고 생각했는데. 친구의 말을 듣는 순간

숨이 턱 막혔다. 누군가에게 나를 들켜버리게 되면 그대로 무장해제 되는 순간이 있다는 걸 알기 때문이었다. 사실 여전히 괜찮지 않고 자주 무너지고 있다고 말하고 싶어지는 순간.

　"사실 나도 알아. 내가 너무 잘 알지. 짧은 시간 동안 많은 일이 있었고 그걸 견뎌내기 버거웠어. 맞아. 나 많이 변했지. 변한 내가 여전히 낯설고 어려워. 예전으로 다시 돌아가지 못할 거라는 것도 알아. 그래서 가끔은 내가 가졌던 예전의 말간 마음들이 너무 그리워."

　변했다는 친구의 말 한마디에 나는 마음을 쏟아내 버렸다.
　울음이 터져 나왔고 참고 싶다는 생각조차 들지 않았다.
　"정말 가혹해."
　친구는 눈과 마음으로 내 이야기를 들어주고 있었고

뒤이어 내게 말했다.

　"네가 작은 일에 쉽게 흔들리지 않는 사람이라서 너한테 조금 더 큰 일이 왔나 봐."

　친구는 나를 지긋이 바라보다가 물었다.

　"그래도 달라져서 좋은 것도 있지 않아?"

　"나 이제 진짜 잘 울어. 눈물이 많아졌어. 너무 울어서 탈이야."

　"그거 좋은 거야. 그건 진짜 좋은 거다. 너한테 좋은 변화야 그거."

　"그런가."

　나는 웃음을 지으며 씩씩하게 눈물을 닦아냈다.

　작은 것에 쉽게 흔들리지 않는 사람. 나는 정말 그런 사람일까.

　애초에 그런 사람이라면, 너의 말처럼 내가 감당해야 하는 일들은 언제나 더 큰 것인 걸까.

친구와 헤어지고 집에 돌아가는 내내, 생각했다.

어떤 일들은 나를 진화하게 했다. 변화를 넘어선 진화.
나는 진화했다. 헤르만 헤세의 말처럼 나는 하나의 세계를 깨트리고 다시 태어났다. 태어나기 위해서는 깨트려야만 했다.

생각해보면 그 과정은 언제나 가혹했다. 그 가혹함이 나를 멈춰 있지 못하게 하고, 온전하지 못하게 하고, 참아냈던 것들을 분출하게 만들어 기어이 나아가게 만들었다. 나의 내면에서 일어나는 익숙한 불안보다 나의 의도와는 전혀 상관없이 일어나는 외부의 낯선 일들이 나를 힘차게 쥐고 흔들었다. 그들은 나의 내부까지 침범해 갖가지 감정들을 충돌시키지만, 동시에 그 강렬함은 나를 나만의 이야기를 가진 사람으로 만들어 놓았다.
나만의 이야기. 가혹함이 빚어내지만 완성되면 찬란해

지는 이야기.

나는 그런 나의 이야기를 이제는 기꺼이 아끼고 사랑한다.

어느 날, 누군가에게 눈을 반짝이며 가감 없이 나만의 이야기를 들려줄 날들을 고대하며.

텍스트가 ___
되어버린 영원의 말 _____

"우리는 서로 이메일을 주고받아. 몰래."

"서로. 몰래. 이메일을 주고받는다는 게 무슨 말이야?"

고등학교 때, 친구는 자신의 남자친구와 서로 모른 척 이메일을 주고받는다고 했다.

어느 날 남자친구가 이메일 주소를 알려달라고 했고, 그 후에 종종 예고 없이 메일이 오곤 했는데 내용인즉슨 그

들이 함께 보낸 시간에 대한 속마음을 메일로 솔직하게 고
백하는 것이었다. 이를테면 이런 식이었다.

오늘은 좋아하는 사람과 제가 가장 좋아하는 떡볶이를 먹
었어요.
떡볶이를 먹다가 제 얼굴에 국물이 튀었는지 그 사람이 정
말 무심하게 국물이 튄 제 얼굴을 손으로 쓱 닦아주고는 다
시 떡볶이 먹기에 전념하는데 그 순간에 정말 설렜어요. 쑥
스러운 마음에 표정을 숨기느라 혼났네요. 그 사람은 아마
모르겠죠. 저는 그 사람의 이런 무심 아닌 무심이 참 좋아요.

일종의 데이트 에필로그 같은 것이었다.
친구에게 듣기론, 그들은 이런 식의 메일을 서로 여러
번 주고받았지만 정작 만나서는 한 번도 메일에 대해 언급
하지 않았다고 했다. 각자의 감정의 이면을 다른 방식으로
조심스럽게 전하면서 동시에 서로 이해할 수 있는 시간을

선물한 것이다. 친구는 이런 비밀스러운 일로부터 큰 채워짐을 받는 듯해 보였고 그것이 영원할 거라고 믿었다. 그리고 친구는 이 이야기를 나에게만 말하는 것이라고도 은밀하게 덧붙였다.

대학에 들어간 이후에는 친구와 사이가 소원해져 더 이상 그들의 뒷이야기를 듣지 못했지만, 그 메일들이 그들의 관계에 생각보다 큰 영향을 미치지 않았을까 생각했다.

그 당시의 나는 그들의 이야기가 몹시 흥미로웠는데 내가 가져보지 못한 세계에 대한 궁금증 때문이었던 것 같다. 말이 아닌 텍스트로 감정을 나누고 기록하는 것에는 또 다른 세계가 있을 것만 같았다. 그 세계는 둘 중 누구도 쉽게 파괴하려 들지 않을 것 같았고 친구의 말처럼 영원할 수 있을 거라고 생각했다. 그때는 영원이라는 게 얼마나 무서운 건지 몰랐던 거 같다.

나는 종종 말이 무서웠다. 내가 하는 모든 말이 공중 분해되어 사라지는 느낌이 들어서였다.

물론, 말이 주는 힘은 분명히 있다. 얼굴을 마주하고 말을 나눌 때 그 사이에서 새어 나오는 힘과 묘한 기류는 사람을 꼼짝 못 하게 만들어 버리곤 하니까.

하지만 나는 생각보다 자주 말이 되어버린 것들이 흩어져 버린다고 느꼈고 그래서 내 마음을 주로 적었다. 적어서 보내기도 하고 적어서 간직하기도 했다. 텍스트가 되어버린 말들이 영영 그곳에 나를 위해 남아줄 것이라고 믿으며 적었다. 영영 그곳에 남는 것이, 영원한 것이 좋은 것이라고만 여겼던 미련한 시절이 나에게도 있었다.

텍스트가 되어버린 혼자 되새긴 말들, 텍스트가 되어버린 누군가와 나눈 마음들.

난 지금도 마음만 먹으면 그리움과 애증으로 점철된

그 텍스트들을 찾아내 들춰볼 수 있지만
아직은 그곳에 갈 자신이 없다.

고요를 잊고서 __

한동안 고요를 잊고 산 적이 있다.

고요함을 견디기 힘들어서 억지로 소란스럽게 살았던 시간들. 이를테면 이런 식이었다.

아침에 눈을 뜨자마자 더듬거리는 손으로 핸드폰을 찾아내 비몽사몽한 상태로 음악을 틀고, 잠에서 깨면 침대에서 벗어나 핸드폰을 이동식 스피커에 연결해 스피커를 들고 씻기 위해 화장실로 향했다. 아침에만 허락되는 공기와 풍경은 이미 잊은 지 오래였다. 굳이 필요하지 않은 상황에서조차 나는 어떤 순간에도 고요를 들이지 못했다. 그 당시 음악은 고요를 차단하는 매개일 뿐이었다. 좋아하는 것을 의무적인 것으로 만들어버린 잔인한 시간이었다.

아무도 없는 집은 언제나 까마득하게 조용했고 밥을 먹을 때면 평소 잘 보지도 않는 드라마나 예능을 크게 틀어놓기 일쑤였다. 그러나 대체로 그것들의 내용에는 집중하지 못했다. 학교에 가서 수업을 듣거나 사람을 만날 때 빼고는 어딜 가든 이어폰은 내 몸의 일부가 되었고 그렇게 나는 스스로에게 생각할 틈을 주지 않았다. 어떤 한 생각에 고립되어 깊게 빠지는 것이 두려웠고 고요가 찾아올 때면 꼭 내 마음에 훼방을 놓는 것만 같았다. 그때의 내 영혼은 죽은 것과 다름없었다. 가장 소란스러운 곳은 나의 내부라는 걸 몰랐던 것이다.

그렇게 점점 외부의 소리를 잊어갈 무렵, 나는 친구를 만나 이렇게 말했다.

"지금 내 삶이 너무 시끄러워. 근데 고요한 건 더 두려워."

친구는 이해가 안 된다는 표정으로 내게 말했다.

"너 누구보다 고요를 사랑하는 사람이잖아."

친구는 언젠가 내가 그에게 했던, 자신에게 꽤나 인상적이었다던 그 말을 상기시켜줬다.

'이상하게 들릴 수 있는데, 나는 외로움이라는 감정을 잘 느끼지 못하는 사람인 것 같거든.
근데 많은 사람들이랑 있을 때, 그러니까 무리 속에 앉아있을 때면 자주 외롭다고 느껴. 참 이상하지. 외로움이라는 건 애초에 사람으로는 극복할 수 없는 감정 같기도 해. 그냥 온전히 나한테 집중하다 보면 외롭지도 않고 마음이 고요해지는데, 나는 그 고요한 상태가 정말 좋아.'

친구의 입에서 흘러나오는 내가 했었다던 그 이야기가 일순간 떠오르면서 지금의 내가 뭔가 단단히 잘못됐다는 걸 깨달았다.

친구와 헤어지고 돌아오는 길에, 나는 이어폰을 꺼내지 않았고 소란스러운 내부의 소리를 들어보려 했다. 어떤 것에도 집착하지 않고 가만히 나를 내버려 두었다.

어쩌면 나는 이미 알고 있었을 것이다. 고요로부터 도망치는 것이 능사는 아니라는 것과 내가 정말로 두려워했던 건 고요가 아니라는 것을.

그 날 버스 안에서 내내 바라보았던 한강에 고여서 흐르지 못했던 것들을 함께 흘려보냈다.

내부의 소음을 외부의 소음으로 묻고자 했던 지난 나

를 떠올리면 마음이 뻐근해진다.

이제 고요는 나의 애틋하고 다정한 친구가 되었다.

나는 언제든 음악 없이도 고요와 함께 걸을 수 있다.

취향의 쓸모 __

햇수로 삼 년, 한 음원사이트에서 이용자들에게 음악을 선곡, 추천하는 뮤직 피디를 하고 있다.

꽤나 거창한 이름의 이 뮤직 피디가 되는 기준이 무엇인지는 잘 모르겠지만, 내가 선곡해둔 곡들을 관리자가 심사해 통과시키면 뮤직 피디를 할 수 있는 것 같다. 끊임없이 새로운 노래를 디깅하고 하나의 주제로 뮤직 앨범을 만드는 것이 생각보다 품이 드는 취미 생활이지만 그럼에도 삼 년 동안 뮤직 앨범을 만들 수 있었던 건 순수하게 음악을 사랑하는 마음 때문일 것이다. 내가 좋아하는 음악이 누군가의 순간의 배경이 되고 어느 위로의 순간에 함께일 수 있다면 그것만으로도 더할 나위 없다는 생각은 이따금 마음을 부유하게 만들곤 한다.

내가 언제부터 이렇게 음악에 빠져버리게 되었는지 까무룩한 기억에 의존해 생각해보면, 아마도 초등학교 저학년 즈음인 것 같다. 나의 하굣길에 있었던 작은 음반가게로부터.

너무 오래된 기억이라 많은 것들이 선명히 기억나지는 않지만 내가 그 음반가게에 살다시피 했다는 것은 부정할 수 없는 사실이다. 당시 나는 조성모, 지오디, 이수영, 보아 등등 한국 가수들에게 정신없이 빠져 있었다. 몹시 활발히 활동하던 뮤지션들이었기에 내가 듣고 사야 할 테이프는 넘쳐났다. 내 키의 거의 두 배가 되는 높이의 진열대에 씨

디와 테이프가 꽉꽉 들어차 있는 걸 보고 있자면 기분 좋은 숨 막힘을 느끼곤 했던 거 같다. 음반가게 사장님은 자주 찾아오는 어린 손님이 귀여웠는지 가게에 방문할 때면 종종 내가 좋아하는 뮤지션의 포스터를 챙겨주셨고 나는 집으로 돌아가 내 방 벽 곳곳에 그 포스터들을 꼼꼼히 붙였다.

고대하던 생일날, 가장 큰 소원이었던 소니 워크맨을 부모님께 선물 받았고 초등학교 시절 내내 그 워크맨은 나의 가장 든든한 친구가 되었다. 엄마는 어느 날 한국음악만 듣는 나에게 팝이 담긴 테이프도 함께 선물해주었는데 탑 100 안에 드는 유명 뮤지션들의 음악을 한데 모아 만든 테이프였다. 이를테면 비틀즈, 마돈나, 퀸, 스티비 원더 같은 거장의 음악들. 아마 나의 세상은 그때부터 거대하게 확장되지 않았나 싶다. 팝 음악들은 나에게 가히 충격적이었고 생각해보면 그 당시 들었던 음악들이 곧 지금의 음악 취향의 기반이 되어준 것 같다. 이토록 다채로운 음악들. 들을 때마다 황홀하고 짜릿했던 기억들은 결코 사라지지 않는다.

　뭐가 그렇게 좋았는지 초등학생의 어린 나는 잘 때도 워크맨을 베개 옆에 두고 자곤 했다. 학교가 끝나고 집으로 돌아가거나 학원을 가는 길엔 언제나 이어폰을 꽂고 있었고 가끔 집에 들어가기 싫은 날엔 계단에 쭈그려 앉아 한참을 듣고 또 들었다.

　이렇게 쌓여간 시간들은 나의 음악스펙트럼을 넓혀주었고 나는 내가 알고 있는 음악을 점점 좋아하는 사람들에게 공유하면서부터 크나큰 만족과 행복을 느꼈다. 나의 취향을 나눌 수 있다는 기쁨과 더불어 그걸 들어주는 사람들을 바라볼 때면 그들은 또 얼마나 사랑스러운지 모른다.

　지금도 나는 친구들 사이에서 선곡을 담당한다.
　영상을 만드는 친구는 이럴 때 어떤 음악을 넣는 게 좋을지 내게 물어봐 주고, 함께 여행했던 친구는 네가 그곳에서 들려준 노래가 자꾸만 떠오른다며 기억을 곱씹게 하고, 김동률 노래를 들을 때면 항상 내가 생각난다고 말해주고, 네가 알려준 노래가 지금 라디오에서 나오고 있으니 어서 들어보라고 재촉한다. 이토록 다정하고 애틋한 떠올림이 또 어디 있을까.

　　몸과 영혼 곳곳에 나의 취향들이 녹아 있다. 결국 모든 것은 영혼에서 음악처럼 흘러나온다.

처치하는 마음 ＿

"손 줘봐."

나는 자연스럽게 지갑 안쪽에 상비된 반창고를 꺼내 친구의 베인 손가락에 붙였다.

"지금은 별거 아닌 거 같아도 바로바로 처치 안 하면 나중에 곪는다. 그럼 더 골치 아파. 내가 잔소리가 많지? 내 동생이 어릴 때부터 많이 아파서 내가 누가 아픈 걸 잘 못 봐.

앞으로도 아프면 나한테 얘기해. 나 준 간호사야 하하."

친구는 머쓱하게 웃으며 말했다.
"정말 그래야겠네. 고마워."

만난 지 두 번 정도밖에 안 된 친구의 손가락에 반창고를 붙여줬던 건 정말로 주변 사람이 아픈 걸 잘 보지 못하는 나의 습성 때문이었다. 오랜 친구들은 종종 나에게 말했다.
"너 되게 특이한 게 뭔 줄 알아? 다른 사람들은 헤어질 때 보통 인사를 '안녕, 잘 지내, 또 봐.'라고 하는데 너는 항상 '건강해. 감기 조심하고. 몸 잘 챙겨.'라고 하더라.
네 옆에 있으면 아프면 안 될 것 같아."

세 살 터울의 내 동생은 아주 어릴 적부터 많이 아팠다. 나는 그런 아픈 동생을 보며 컸고, 아픈 동생에게 삶을 바친 부모님을 바라보며 컸다. 종종 내가 혼자 감당해야 하는 것들이 있었는데 그중 건강은 단연 일 순위였다. 나는 언제나 건강해야 했고 건강하지 못할 때면 이상한 죄책감 비슷한 것을 느꼈다. 누군가에게 짐이 될 수 있다는 불편함. 누군가를 걱정시키고 있다는 죄책감. 건강해야 하는 것이 내 삶의 궁극적인 목표인 것처럼 느껴지기도 했다.

이런 영향은 곧 주변 사람들에게까지도 번졌고 많은 것들이 건강에 초점 맞춰졌던 나는 친구들에게 잔소리 아닌 잔소리를 자주 했던 것이다.

건강해야 한다는 강박은 진심으로 누군가가 아프지 않기를 바라는 마음에서 비롯되지만, 그 이면에는 누군가를 바라보는 나의 마음이 불안하길 원치 않은 마음도 언제나 공존한다. 누군가의 건강하지 못한 모습을 보는 건 나에게는 너무도 큰 불안이기에 나는 그토록 아픈 곳을 빨리 처치하려 드는 것이었다. 곪기 전에. 조금이라도 더 빠르게.

그리고 나는 시간이 흐를수록 몸만큼이나 마음도 건강하기를 바랐다. 우리는 손에 생긴 작은 상처에도 곧바로 반창고를 붙이려 들면서 왜 마음에 생긴 상처에는 그토록 관대한 것인지 모르겠다. 나의 경험에 의하면 마음은 몸보다 회복이 더디다. 더딜 뿐 아니라 회복 후에는 마음의 형태가 바뀌어 그전의 마음으로는 돌아가지 못한다. 그것이 어쩌면 다행인 일일 수 있지만 아픔을 겪지 않은 상태의 깨끗함이 그리울 때가 정말이지 많다.

처치한다는 말이 어쩌면 조금 무자비하게 들릴지 모르겠다. 하지만 나는 그 무자비함이 몸과 마음을 앗아가는 것을 본 적이 있다. 그 무자비함에 지지 않기 위해서 오늘도 나는 인사한다.

우리 건강 하자. 아프지 말고.

꿈에서 저지른 ___
실수를 품고 살아 _____

알지요. 나는 실수를 쉽사리 용납하지 못하는 사람이라는 걸요.

특히나 스스로에게 실수를 범하는 일을 여전히 힘들어해요. 남들이 눈치채는 실수보다 나만 아는 실수가 훨씬 더 무서운 법이잖아요. 하지만 나는 어리석게도 실수하지 않기 위해 많은 실수를 했어요. 과감히 밀고 나가야 할 일들을 해내지 못했고, 새로운 일을 시작하기 전에는 늘 실수가 두려워 너무 많은 생각을 하는 탓에 일을 시작하기 전부터 지레 겁을 먹고 지쳐버리곤 했으니까요. 지금 돌아보면 그렇게 발버둥 쳐도 결국엔 실수투성이였을 일들에 왜 그리도 전전긍긍하며 스스로에게 팍팍했는지 모르겠어요. 내가 저지른 실수들이 결국엔 지금의 나를 만들었는데 말이죠.

이토록 실수를 끔찍해 하는 나를 실수로부터 꼼짝 못하게 하는 일이 있는데 그건 바로 사랑하는 일이에요. 사랑하는 일은 언제나 내게 더 많은 실수를 가져다주고 나를 끊임없이 실수하게 하지만, 동시에 그 실수를 유일하게 용서하게 만드는 일이기도 해요.

지금도 잊히지 않는 실수가 있어요. 내가 당신에게 했던 말이요. 그것은 실수였을까요.

지금도 그것이 실수였는지 실수를 가장한 나의 진심이었는지 모르겠지만 나는 여전히 그때를 생각하면 이상한 감정들이 밀려옵니다.

나는 뭐든 서툴렀어요. 그런 서툰 마음은 모든 걸 곧이곧대로 나아가지 못하게 만들었고 당신에게 뒤틀려 닿았겠죠. 서툰 사람이 실수하는 일은 너무나 자연스러운 일이라는 걸 그때의 난 몰랐으니까요. 그런 서툰 마음으로 나는 당신에게 정확히 이렇게 말했어요.

　　"우리가 만난 건 실수였어. 우리는 만나지 말았어야 했어.
　　함께 한 모든 시간을 지워버리고 싶어. 그전으로 돌아갈 수 있다면 돌아갈 거야.
　　많은 걸 잃는다고 해도 돌아갈 거야. 우리가 다시는 만나지 않았으면 좋겠어."

　　그리고 나는 눈을 떴어요. 꿈이었지요.
　　꿈속에서 나는 표정 하나 변하지 않고 단호히 이 말을 당신에게 뱉어냈어요.

그 외의 모든 것은 생각나지 않아요. 이 말을 내가 어디에서 했는지, 왜 했는지, 그리고 이 말을 듣고 있는 당신의 표정은 어땠는지도 나는 아무것도 기억하지 못해요.

　　다만 꿈에서 깼을 때 내가 무언가 큰 실수를 했다는 생각에 괴로웠고 이내 죄책감에 사로잡혔어요. 꿈이어서 다행이었다고 생각하지도 못할 만큼 생생한 꿈이었어요.

　　눈을 뜨고 한동안 멍해 있다가 어쩌면 이게 정말로 당신에게 하고 싶은 말이었을지도 모르겠다고 생각했어요. 하지만 난 절대 당신에게 이 말을 하지 못했겠죠. 절대로.

　　내가 저지른 모든 실수가 이렇게 꿈처럼 왔다가 사라져 버리지는 않았을까 생각해 봅니다.

　　닿지 않았지만 닿았을지도 모른다고 생각해 봅니다. 내가 모르는 사이에 저지른 실수는 얼마나 많았을지도요. 그리고 나는 앞으로도 무수한 실수를 또다시 저지르겠지요.

지금도 난 꿈에서 저지른 실수를 품고 살아요. 꿈속에서 저지른 실수이기에 더 오래 품고 있는지도 모르겠어요. 잊어버리지 않을게요. 지금 이 순간에도 나도 모르게 저지르고 있는 실수들을 절대로 잊어버리지 않을게요.

돌아갈 수 있는 곳 __

　대개 집으로 돌아가는 길에는 기나긴 버스 여행을 끝냈음에도 불구하고 항상 동네 한 바퀴를 걷고 들어가는 버릇이 있다. 크게 돌면 한 바퀴, 작게 돌면 두세 바퀴 정도를 뱅뱅 돈다. 굳이 걷는 이유가 있는 건 아니지만 언제부턴가 습관이 되었다. 어떤 날은 스미는 밤공기가 좋아서, 어떤 날은 살짝 취해서, 어떤 날은 실마리를 찾지 못한 채 맴도는 미련 때문에, 어떤 날은 이유 없이 동네가 예뻐 보여서,

또 어떤 날은 그냥 걷는다.

　미련한 나는 익숙한 곳을 생각 없이 같은 속도로 걷는 것만큼 평온함을 쉽게 찾는 법을 아직 알지 못하고, 이런 짧은 산책 또한 그저 나로 돌아가는 나만의 방식 중 하나일 거란 생각을 한다. 아마 내가 돌아갈 수 있는 곳이 존재하는 한, 이 습관은 어딜 가든 사라지지 않을 것 같다.

　작년 늦가을, 책이 출간되고 혼자 제주에 잠시 내려갔다. 처음으로 온전히 혼자가 될 수 있는 시간을 내게 선물하고 싶어서였다. 낡아진 생활에서의 분리가 필요하다고도 생각했고 참된 쉼이라는 것을 느껴보고 싶었다. 어느 날 내게 날아든 행운이 그 몫을 다했다고 생각하니 나는 가장 무기력한 인간이 되어버렸다. 환기가 필요한 시기임이 분명했다.

　여행이 목적이 아니었으므로 사람이 없고 조용한 곳

을 원했던 나는 서쪽 끝에 위치한 한 시골 마을 숙소에 쭉 머물기로 했다. 서쪽을 택했던 건 오롯이 석양 때문이었다. 매일 바다 앞에서 지는 해를 보고 싶었고 같은 존재의 다름을 매일 발견하고 싶었다. 도착해보니 그곳은 정말 광활한 밭이 펼쳐져 있는 시골 마을이었고, 나중에 제주에 사는 선배가 말해주길 그 동네는 제주도민들도 멀어서 잘 가지 않는 시골 마을이라고 했는데 그래서 내가 그 동네를 더 사랑하게 되었는지도 모르겠다고 생각했다.

애초에 여행할 생각이 없었으니 시작부터 마음가짐은 남달랐다. 그리 긴 시간은 아니었지만 한 곳에서만 쭉 머문다는 사실에 걱정되었던 건 생활이었다. 집이 아닌 곳에서도 안온한 생활이라는 게 가능한지 항상 궁금했었다. 낯설고 외딴곳에서 먹고 자는 일들이 자유롭고 편안할 수 있는지, 내 것이 아닌 멋쩍은 공간과 사물들에 마음을 줄 수 있는지, 여행에 지쳐 돌아갈 곳이 있다는 마음이 머무는 내내 당연하게 자리 잡을 수 있는지에 대한 걱정은 고작 이틀 만에 나의 기우였던 걸로 결론 났다. 이틀 동안 나만의 규칙과 생활이 생긴 것이다. 여행자가 아닌 생활자의 자세를 갖게 되었다.

이틀째부터는 잠도 뒤척이지 않았다. 이른 아침이면 자연스럽게 눈이 떠졌고 눈을 뜨자마자 보이는 창문으로 맑은 제주 하늘을 마주할 수 있었다. 게으름을 피우기 싫은 풍경들이었다. 창문을 열어두면 스미는 공기가 단잠을 깨우고 내가 살아 있음을 알려주었다. 일어나서 바로 씻지 않는 것도 생활자의 특권이었다. 추레한 차림으로 문을 열고 밖으로 나가면 또 다른 생활자인 마당 고양이와 눈인사를 나누고 빨래를 돌리는 것이 어느덧 자연스러운 일이 되어 버렸다.

제주에 사는 선배를 오랜만에 만난 것과 주말에 서울

에서 잠시 친구가 내려온 것을 빼면 철저히 혼자였다. 혼자일 때는 멀리 가지 않고 버스를 타고 근처 바닷가로 나가 산책로를 걷거나 카페에서 책을 읽거나 동네 곳곳을 누볐다. 그러곤 마지막에는 항상 지는 석양을 보러 바닷가에 나갔다. 예상은 했지만 생각했던 것보다 훨씬 더 아름답고 경이로운 풍경들이 자꾸 눈앞에 펼쳐져 마음이 들떴다. 익숙해질 수 없는 풍경이었다. 내 안에 자리 잡은 못난 감정들을 아름다운 곳에 하나하나 두고 왔다. 돌아오는 길엔 발걸음이 가벼워져 있었다. 자비가 만연한 동네였다.

　　그곳에서도 습관은 지칠 줄을 몰랐다. 금세 어두워져 앞이 잘 보이지 않는 동네를 집에 들어가는 길에 또 뱅뱅 돌고 있는 나를 보며 내가 이곳과 꽤나 가까워졌음을, 그리고 언제든 돌아갈 수 있는 그곳이 곧 나의 생활이자 삶이며 그 생활이 어떤 모습을 가지고 있던 결국엔 나를 나로 돌아가고 싶게 만드는 이유가 된다는 것을 알았다. 돌아가는 길은 언제나 존재의 이유를 알려주는 힘을 가지고 있었다.

제주에서의 마지막 날엔 예상치도 못하게 온 마음을 뺏겨버린 동네와의 작별 인사를 위해 오래오래 걸었다. 부지런히 눈에 담았고 그곳의 색과 공기를 깊이 느꼈다.

그리고 다시 나의 생활로 돌아가는 비행기 안에서, 나에게 편지를 썼다.

...

어쩌면 네 맘 같지 않을지 몰라. 돌아가면 이 마음이 오래가지

못할 수도 있어.

그래도 잘 살아보자.

집으로 돌아가는 너의 뒷모습이 부디 편안하기를 바라.

에필로그

출판사에 원고를 보내기 전 열흘을 매일같이 숨죽여 울었다.

내가 쓴 글이 이해받지 못할 것 같다는 두려움 때문이었다. 이런 두려움은 처음이었다.

도대체 나는 두려움에 떨면서까지 얼마나 대단한 이해를 바라고 있나. 이해받는다고 뭐가 얼마나 달라지며, 굳이 큰 이해를 바라지 않고도 적당한 마음으로 살면 되는 거 아닌가.

온갖 모진 감정들이 점철된 마음을 뒤로하고 마감한 원고를 하나씩 들여다보니 글 속에는 온통 이해하고 싶고,

이해받고 싶다는 나의 외침이 있었다. 어떤 삶에게 이해받고, 사람에게 이해받고, 지나간 시절에게 이해받고, 음악에게 이해받고, 풍경에게 이해받고, 모르는 누군가에게 이해받는 기분이 꼭 나를 살게 하는 것만 같다고.

나는 그것들을 이해하려 부단히 노력하면서 동시에 무수한 나를 이해했다.

내가 아닌 모든 것을 이해하는 일은 곧 나를 이해하는 일이었다.

우리는 서로 다른 존재이기에 애초에 이해할 수 없다는 무책임한 말은 하지 않을 거다.

내게는 아직 맘껏 낭비할 용기가 남아있음을 안다.

우리가 서로를 영영 이해하지 못한다 할지라도, 나는 이해하려는 노력을 멈추지 않을 거다.

그 끝에 완전한 이해가 없다 하더라도.

이해받는 기분

1판 1쇄 펴낸날 2022년 1월 14일

지은이 강선희

책만듦이 김미정 책꾸밈이 홍규선

펴낸곳 채륜서 펴낸이 서채윤
신고 2011년 9월 5일(제2011-43호)
주소 서울시 광진구 자양로 214, 2층(구의동)
대표전화 1811.1488 팩스 02.6442.9442
E-mail book@chaeryun.com Homepage www.chaeryun.com

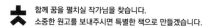 **함께 꿈을 펼치실 작가님을 찾습니다.**
소중한 원고를 보내주시면 특별한 책으로 만들겠습니다.

채륜(인문·사회), 채륜서(문학), 띠움(과학·예술)은 함께 자라는 나무입니다.
물과 햇빛이 되어주시면 편하게 쉴 수 있는 그늘을 만들어 드리겠습니다.